WEIXINGXIAOSHUOXUANKAN
40 NIAN
DIANCANGBEN · YI

微型小说选刊
40年典藏本

微型小说选刊杂志社　选编

百花洲文艺出版社
BAIHUAZHOU LITERATURE AND ART PRESS

图书在版编目（CIP）数据

微型小说选刊40年典藏本. 一 / 微型小说选刊杂志
社选编. -- 南昌 : 百花洲文艺出版社, 2024. 12.

ISBN 978-7-5500-4996-3

Ⅰ. I247.82

中国国家版本馆CIP数据核字第2024346QP0号

微型小说选刊40年典藏本·一

微型小说选刊杂志社　选编

出 版 人	陈　波	
总 策 划	张　越	
责 任 编 辑	李梦琦　万思雨	
书 籍 设 计	方　方	
制　　作	周璐敏	
出 版 发 行	百花洲文艺出版社	
社　　址	南昌市红谷滩区世贸路898号博能中心一期A座20楼	
邮　　编	330038	
经　　销	全国新华书店	
印　　刷	江西千叶彩印有限公司	
开　　本	889 mm × 1194 mm　1/32　　印张　9.125	
版　　次	2024年12月第1版	
印　　次	2024年12月第1次印刷	
字　　数	212千字	
书　　号	ISBN 978-7-5500-4996-3	
定　　价	48.00元	

赣版权登字　05-2024-273

邮购联系　0791-86895108

网　　址　http://www.bhzwy.com

图书若有印装错误，影响阅读，可与承印厂联系调换。

出版前言

20 世纪 80 年代，微型小说如同一股清新的春风，在中国文学的原野上悄然兴起。历经四十余载的改革开放浪潮，微型小说这一文体稳步发展，愈发成熟，创作队伍日益壮大，诞生了许多令人瞩目的微型小说佳作，已成为中国文坛不容忽视的一个文体。

《微型小说选刊》（原刊名《中国微型小说选刊》）于 1984 年在江西南昌创刊，是国内首家专门选载和刊登微型小说作品及理论文章的文学刊物。2024 年，我们迎来了《微型小说选刊》创刊四十周年。四十年来，从双月刊到月刊，再到半月刊，《微型小说选刊》始终坚守着荟萃微型小说精品、专注微型小说理论研究、促进微型小说文体发展的使命，选载和刊登了数以万计的微型小说佳作。为了丰富微型小说的文体内容，繁荣并鼓励微型小说创作，《微型小说选刊》一直致力于"书刊互动"，策划并出版了一系列有影响力的微型小说图书。微型小说选刊杂志社每年会编选一本当年度的"中国微型小说排行榜"，近年来还先后策划出版了"微型小说写作课系列""新笔记微型小说系列""微型小说名家系列"等一批受到文坛和市场关注的图书。

值此《微型小说选刊》创刊四十周年之际，为了总结并展示中国微型小说四十年来的创作成果和《微型小说选刊》

四十年间所刊载的微型小说佳作，微型小说选刊杂志社特别选编了这套《微型小说选刊 40 年典藏本》丛书，共 4 册。

《微型小说选刊 40 年典藏本》于 2024 年 4 月开始编选，历时五个月，于 2024 年 9 月基本定稿，后由于部分作者联系不上，无法取得授权，又进行了调整，收录作品最终确定为 400 篇。该丛书编选的原则是以作品说话，不厚名家，不薄新人，精选具有时代特色、反映社会变化、经得起时间考验的佳作，力求展示微型小说创作的繁荣和百花齐放，展示活跃在当今文坛的微型小说作家的创作。考虑到不少经典作品已经被很多选本选载过，如许行的《立正》、汪曾祺的《陈小手》等，这些作品已被广大读者所熟知，因此此次未予收录。

全书的编排顺序依据入选作品在《微型小说选刊》上的刊载时间，同时，在作品的数量上，每位作者最多只选 3 篇。由于时间紧迫，编者在编选之时难免会有遗漏，敬请广大作者和读者海涵。

目 录

客厅里的爆炸 白小易

主人沏好茶，把茶碗放在客人面前的小几上，盖上盖儿。当然还带着那甜脆的碰击声。接着，主人又想起了什么。随手把暖瓶往地上一搁。他匆匆进了里屋，而且马上传出开柜门和翻东西的声响。

做客的父女俩待在客厅里，十岁的女儿站在窗户那儿看花。父亲的手指刚刚触到茶碗那细细的把儿——忽然，叭地一响，跟着是绝望的碎裂声。

——地板上暖瓶倒了。女孩也吓了一跳，猛地回过头来。事情尽管极简单，但这近乎是一个奇迹，父女俩一点儿也没碰它。的的确确没碰它。而主人把它放在那儿时，它虽然有点摇晃，可是并没有马上就倒哇。

暖瓶的爆炸声把主人从里屋揪了出来。他的手里攥着一盒方糖。一进客厅，主人下意识地瞅着热气腾腾的地板，脱口说了声：

"没关系！没关系！"

那父亲似乎马上要做出什么表示，但他控制住了。

"太对不起了。"他说，"我把它碰了。"

"没关系。"主人又一次表示这无所谓。

从主人家出来，女儿问："爸，是你碰的吗？"

"……我离得最近。"爸爸说。

"可你没碰！那会儿我刚巧在瞧你玻璃上的影儿。你一动也没动。"

爸爸笑了："那你说怎么办？"

"暖瓶是自己倒的！地板不平。李叔叔放下时暖瓶就晃，晃来晃去就倒了。爸，你为啥说是你……"

"这，你李叔叔怎么能看见？"

"可以告诉他呀。"

"不行啊，孩子。"爸爸说，"还是说我碰的听起来更顺溜些。有时候，你简直不明白是怎么回事。你说的越是真的，也越像假的，越让人不能相信。"

女儿沉默了许久："只能这样吗？"

"只好这样。"

（载《微型小说选刊》1985 年第 4 期）

杭州路 10 号

于德北

我讲一个我的故事。

今年的夏天对我来说很重要。

随着待业天数的不断增加，我愈发相信百无聊赖也是一种合理的生活方式。这当然是从前。很多故事都发生在从前，但未必从前的故事都可以改变一个人。我是人。我母亲给我讲的故事无法诉诸数字，我依旧一天到晚吊儿郎当。

所以，我说改变一个人不容易。

夏初那个中午，我从一场棋战中挣脱出来，不免有些乏味。吃饭的时候，我忽然想出这样一种游戏：闭上眼睛在心里描绘自己所要寻找的女孩的模样，然后，把她当作自己的上帝，向她诉说自己的苦闷。这一定很有趣。

我激动。

名字怎么办？信怎么寄？

我潇洒地耸耸肩，洋腔洋味地说："都随便。"

乌——拉——！

万岁！这游戏。

我找了一张白纸，在上边一本正经地写了"雪雪，我的上帝"几个字。这是发向天国的一封信。我颇为动情地向她诉说我的一切，其中包括所谓的爱情经历（实际上是对邻家女孩儿的单相思），包括待业始末，包括失去双腿双手的痛苦（这是撒谎！）。

杭州路 10 号袁小雪。

有没有杭州路我不知道，也不必知道。我说过，这是游戏，是一封类似"乡下爷爷收"的信。

信寄出去了。

我很快便把它忘却了。

生活中竟有这么巧的事，巧得让人害怕。

几天之后，我正躺在床上看书，突然一阵急切的敲门声把我惊起。我打开门，邮递员的手正好触到我的鼻子上。

"信。"

"我的？"我不相信是因为从来没有人给我写信。

杭州路 10 号。

我惊坐在沙发上，仿佛有无数只小手在信封里捣鬼，我好半天才把它拆开。字很清丽，一看就是女孩子。信很短："谢谢您信任我，向我诉说您的痛苦。我不是上帝，但我理解您。别放弃信念，给生活以时间。您的朋友雪雪。"

人都有良心。我也有良心。从这封信可以知道袁小雪是个善良的女孩子，欺骗善良无疑是犯罪。我不回信不能回信不敢回信。

这里边有一种崇敬。

我认为这件事会过去，只要我再闭口不言。

但是，从那封信开始，我每个月月初都能收到一封袁小雪的信。信都很短，执着、感人。她还寄了两本书给我：《张海迪的故事》《生命的诗篇》。

我渐渐自省。

袁小雪，你这是为什么为什么为什么呀？！

我渐渐不安。

四个月过去了，你知道我无法再忍受这种折磨。我决定去看看袁小雪，也算负荆请罪。告诉她我是个小混蛋，不值得她这样为我牵肠挂肚。我想知道袁小雪是大姐姐还是小妹妹还是阿姨老大娘。我必须亲自去，不然的话我不可能再平静地生活。

秋天了。

窄窄的小街上黄叶飘零。

杭州路 10 号。

我轻轻地叩打这个小院的门，心中充满少有的神圣和庄严。门开了，老奶奶的一头花发映入我的眼帘。我想：如果可以确定她就是袁小雪，我一定会跪下去叫一声"奶奶"。

"您是——"

"我，我找袁小雪。"

"袁？——噢，您就是那个——写信的人？"

"是，是他的朋友。"

"噢，您，进来吧。"

我随着她走过红砖铺就的小道走进一间整洁明亮的屋子里，不难看出这是书房。就在这间屋子里，"他"被杀死了。从那里出来，我就是另外一个人了。

"她不在吗？"

……老奶奶转过身去，从书柜里拿出一沓信封款式相同的信，声音蓦然喃喃："人，死了，已经有两个月了，这些信，让我每个月寄一封……"

我的血液开始变凉。这是死的征兆。

"她？"

"骨癌。"

她指了指桌子上的照片让我看。

在一个黑色的木框里镶嵌着一张三寸黑白照片。照片是新的。照片上的人的微笑很健康很慈祥。照片上的人，是一位白发苍苍的老爷爷。

他叫骆瀚沙。

他是著名的病残心理学教授。

（载《微型小说选刊》1988 年第 5 期）

慰　问

林荣芝

教师节，镇政府例行搞慰问，镇里的学校顿时热闹起来了。

镇长满面春风地带领慰问团逐个学校进行慰问，热情地同教师们逐一握手祝贺。

小汽车来到镇中心小学。镇长走下车兴致勃勃地握住黄老师的手，热情又亲切地说："陈老师，教师节过得愉快哇！"

镇文教助理小林在一旁悄声更正说："是黄老师，不姓陈。黄老师是县里的先进教师。"

"哦，原来是黄老师，不是陈老师，张冠李戴了，抱歉！"镇长又一次握住了黄老师的双手使劲地摇了起来，"教师光荣！教师光荣！像你这样的老先进教师，全镇人民是不会忘记你的呀！"

黄老师听了这话，心里感到甜滋滋的，热泪不禁夺眶而出。

第二年教师节，镇政府又例行搞慰问。镇长依然带领慰问团逐个学校进行慰问。

来到镇中心小学，镇长依然兴致勃勃地握住黄老师的手说："龙老师，教师节愉快！"

镇文教助理小林又在一旁悄声更正说："是黄老师，炎黄子孙的黄，不是龙。"

"噢，对，是黄老师。"镇长又一次紧紧地握住黄老师的手，摇了起来，"黄老师节日过得愉快吧？"

“嗯，愉快……”黄老师这时感到双手有些酸痛了。

年复一年，又一个教师节到来了。

镇政府照例搞慰问。镇长照例带领慰问团逐个学校进行慰问。

镇长刚从小汽车里钻出来，黄老师见了，心里竟然打起鼓来，忙抢上前去，握住镇长的手，强装笑脸说：“张镇长，你好！我姓黄，炎黄子孙的黄……”

“噢……”镇长的脸先是一沉，但很快又堆起笑容，“好！大家都好！”

在回来的路上，镇长突然想起了什么，转头问文教助理小林：“小林，那黄老师今天是不是有点不大正常。”

“这……”小林笑了笑，“也许是吧！”

（载《微型小说选刊》1989 年第 4 期）

先发制人

吴金良

　　有幸同一位女士共进午餐，我特意选了一家格调不错的小馆子，高背椅包厢座，头顶上乱七八糟吊着不少塑料的红花绿叶，耳边回荡着柔曼的轻音乐。这氛围颇让人心旷神怡。

　　饭吃好的时候，马上就可以离座起身各奔东西了。偏偏这时候，我看见了熟人，脱口大叫："小王！"话出口，后悔得直想扇自己几个大嘴巴。小王是我的女同事，她正同一位满脸络腮胡子的男人亲亲热热地讨论着什么。我一喊，她一愣，旋即冲我点头微笑，并且极其认真地把我的女伴儿上下打量了一番。"小王，你也来吃饭？"我起身寒暄，故意装出对那络腮胡子视而不见的样子。这种环境，不做贼也有点心虚。我期望着来个"默契"——我没看见你跟一个男人在一起，你也没发现我身旁有个女的。可是小王一点儿也不领情，张口就来了个立此存照："哟，你们也在这儿？"这话有点毒辣！"你们"是谁们呢？说不清啊！我和小王是同事也就罢了，要命的是我们各自的"那一口子"也和我们在同一个单位。如今我身边有个女的，却不是妻子；她身旁有个男的，也不是她丈夫。虽然现代生活中常有这种"现代化"的事，可问题是我同这位"佳丽"的关系再发展10年也不过是一般的朋友。明摆着一桩"大冤案"，又没法澄清。根据普遍规律，我觉得小王回到单位就会把这件事告诉我老婆。按理说我和小王处境相同，本该订个攻守同盟互相保密。可惜这种事情一旦说破就太着痕迹，而且我和小王的关系也没到这一步。

下午出门办事，华灯初放时我才忐忑不安又无可奈何地回了家。情知一场醋海狂澜在所难免，我特意做出一副知错认错的老实样。老婆在做饭，没理我。我在厨房门口转了几圈，肚子里准备了一大堆理由和表示痛改前非的绝妙好词。转了一会儿，老婆开口说："饿了？这就吃饭！"咦？没一点酸味。我心中一块石头落了地，多半是小王下午也没去上班。这天赐良机不可错过，先发制人正当其时！于是我利用吃饭闲谈无忌的机会对小王进行了一番人身攻击："你们办公室的小王怎么那样啊？""怎么了？"妻诧异地问。"倒也没怎么，就是说话没谱，尽瞎编排别人。人家都说，小王的话最不可信，听了她的，两口子都得分家。""不至于吧？我觉得人家小王挺好的。哎，对了，今儿下午还跟我说，说你中午跟一个络腮胡子一块儿喝酒来着。没喝多吧？以后少在外边喝……""我？跟一个——络——腮——胡——子？"我瞪大眼睛望着老婆。"是啊，小王说的。怎么了，她骗我了？""没没没！其实小王这人也……我是说，小王这人够聪明的，你说是吧？""反正是个人都比你精！"老婆很有感情地笑着说。

这句话够得上精辟而且深刻了！我头一次深切地感受到我是那么笨而且那么不是玩意儿！

配　套

魏金树

　　"请坐。"我拉过一把椅子，笑吟吟地对同事小王说。

　　"咔嚓""扑通"，小王笑吟吟地坐到了地上。

　　笑容很快在小王脸上凝固，面对原来四条腿现在还剩下两条腿的椅子，他表现出一副尴尬而不好意思的样子。

　　我抱歉地笑了一下，说："真对不起，没摔疼你吧？"

　　他爬起来，掸掸尘土，做出一副大度的样子说："我倒是没事儿，只是你这椅子该换新的了。"

　　这时，我才发现他的话具有非常的现实性与合理性。椅面千疮百孔，椅腿长短不齐，又黑又脏，像个出土文物。人一坐上去，它便发出有节奏的"嘎吱嘎吱"声，很给你一种"山雨欲来风满楼"的危机感。

　　此后的半个月，我开始着手做一把椅子。

　　我一定要将椅子做得既美观又结实。我暗暗下了决心。

　　椅子做成了，浑然一体的红松结构严丝合缝、玲珑剔透，古铜色的油漆散发出一股芳香，表面光亮得像面镜子。

　　来的人都说我这椅子做得好，只是跟另一把椅子不配套。我这才想到，椅子原来是一对的，分别摆在茶几的两边。这把椅子很漂亮，可它越漂亮，就越衬出茶几另一侧那把椅子的寒酸和丑陋。

　　于是，我重又绰起工具，改造另一把椅子。

半个月之后，又一把椅子完工了，与前一把椅子一模一样。

"嚯，这椅子可真漂亮！"我小舅子一进门就大嚷。

也难怪，由于我这一屋子破烂家什的烘托，这对椅子成了鸡群里的凤凰，自然非常显眼。

"只是，这个茶几太不来劲了，若再换个茶几就配套了。"小舅子临走时甩下这么一句话。

我一想也对，椅子是立在茶几两侧的，椅子光彩照人，茶几却黑不溜秋，就像两个天姿国色的丫鬟守着一个奇丑无比的小姐，的确让人看着别扭。

又费了一个月的时间，我为"小姐"做了整容。

"这回该行了吧！"我退后一步，看着自己的杰作踌躇满志。

"不行！"邻居李妈用挑剔的眼光扫视了一下"丫鬟"和"小姐"，目光又落在椅子旁边那只旧木箱上，"依我看，这只箱子若改成个酒柜就好了，你这种箱子早就不时兴了。"于是过了几个星期，箱子又变成了酒柜。这以后，又有许多人来过，渐渐地，双屉桌变成了写字台，床头柜变成了高低橱，旧书架变成了梳妆台……而且还增添了彩电、冰箱、放像机等。里里外外焕然一新，屋子里的一切都无可挑剔地配套了。

东西在更新，赤字在增长，为此妻子整天跟我叫苦连天："你这老不死的，信的哪门子邪？别人说嘛你听嘛，日子你还过不过？——老婆也是旧的，你怎么不换一个？"

言者无心，听者有意。妻子的气话令我一振，也是！这么一屋精巧细致的东西，却由这么一个粗笨龌龊的女人来管理和使用，的确让人憋气。

有志者，事竟成。经过我不懈的努力，两年之后，我的屋里终于换进一个年轻美貌的老婆。

我满足了，很惬意地微笑，并得意扬扬地向朋友炫耀，朋友们于是纷纷表示赞叹，其中一位跟我开玩笑："你这屋里，真没的说！除你之外一切都换成新的了，是不是连你本人也换换呀？"

大家都笑，我也跟着笑。

没想到，我这位朋友的预言不久就应验了。有一天下午，我也搬了出去，因为，另有一位年轻英俊的男子搬了进来。

（载《微型小说选刊》1993 年第 3 期）

绝　境

白小易

　　汪禹攥着我的胳膊嚷了半天我才勉强认出他，我们是中学同学，可已经有将近二十年没见过面了。我感触当然很多——当然很大程度是因为我还看出他的精神有点儿不正常。我于是小心翼翼地和他攀谈。谁知他马上就告诉我他遭受了人间最大的不幸。然后他就主动讲给我听。

　　他的故事的确有点儿离奇。几年前汪禹带着妻子和妹妹出去旅游，他们三人在一座大山里迷了路，东一头西一头地乱闯了一阵，反而走进了深山，而且做梦也没想到会在这个地方遇到劫匪。他一直觉得好像是谁在暗中和他开玩笑。但他很快就发现是不能把这事儿当玩笑的。

　　歹徒把他们三人带进一个山洞。匪头儿见他们身上没有什么值钱东西，恼羞成怒，要杀掉他们当中的一个人冲冲晦气。

　　"那就杀我好了。"汪禹当时奔儿都没打一个。

　　匪头儿一愣，既挺佩服，又觉得挺没面子。于是笑了笑说："你真是条汉子，我怎么可以杀你呢，杀了你我不是太没名儿了吗？"匪头儿大概成心要难为他，让他在妹妹和老婆两人中挑一个。

　　汪禹说当时听了之后毫无反应。匪头儿就加了一句："限你三分钟时间考虑。只要留下一个，另一个就可以马上跟你走。"

　　汪禹央求土匪杀他一个人。匪头儿说决不杀他。汪禹于是一言不发了。

土匪等得不耐烦了，对他说："你要是不说，我就把她俩一块儿杀掉。"汪禹还是不吭声。匪头儿让两个土匪把刀分别架在汪禹的老婆和妹妹的脖子上，然后最后一次问他杀谁不杀谁。汪禹看了看妹妹，又看了看老婆，他的眼睛几乎要冒出眼眶了，可就是张不开嘴。

匪徒于是把他的妻子和妹妹一块儿杀害了。

汪禹从那以后见谁问谁——你碰到这件事会怎么办？他当然也问了我。我很投入地设身想了想，觉得也只能像汪禹那样。

"可是她们都死了。我当时是可以保下来一个的啊！可我留下哪一个呢？她们都眼巴巴地看着我……我真是不知道怎么办哪！这事儿我怎么也想不明白。我是应该保下来一个的，我把一个机会白白丧失了。她们两个里边是可以活下来一个的呀……"

我忽然发觉我出了一身冷汗。这故事真是太惊心动魄，我已经隐隐觉得我的神经有些不堪重负了。

这时一个中年妇女跑过来，拽了汪禹就走。我很恼火地拦住去路，问她干吗对一个精神病人如此粗暴。

"你信了他的胡说八道是不是？我就是他老婆！走，你给我老老实实在家待着行不行？"

"什么？"我大惊失色，不免有些语无伦次，"别，别走——你是他老婆？是他那个让匪徒杀了的老婆吗？"

"废话！让人杀了还有我吗？"

"那么你没死！是吗？那么，他妹妹呢？只有他妹妹死了吗？"

"那个小狐狸精活得才叫滋润呢。她还能死？"

"请问，这到底是怎么回事？你和她妹妹……"

"哪是什么妹妹！他的小妍头！把他弄得五迷三道，到头来还不是我守在他身边？你信他的鬼话！"

汪禹很沉重地向我转过脸儿来，悲悲切切地叫了声："我完了。"

（载《微型小说选刊》1993 年第 5 期）

剃头阿六 凌鼎年

常言道："荒年饿不死手艺人。"这不，剃头阿六依然挑着剃头担走街串巷。是年民国三十一年（1942）。

那天，田爷突然想起明儿是自己六十大寿的日子，虽说年景不好，兵荒马乱的，但人生满一花甲毕竟是大事。做寿是谈不上了，拾掇拾掇头发，光光鲜鲜，也算自己对得起自己。于是，田爷决定剃头，修面。

正在这时，剃头阿六走进了这篇故事。

田爷对这位剃头匠的手艺打着问号。他试探性地问："师傅会哪几种发式？"

剃头阿六一指剃头担，但见一方泛黄的白布上书有"童叟无欺，保君满意"，并自言自语："虽云毫末技术，却是顶上功夫。"

嗬，口气倒不小。田爷遂加上了一句："倘若不满意呢？"

"砸我担！"剃头阿六干脆得一刮两响。

这年月，剃头的能混个肚儿圆就上上大吉了。一个乡下剃头佬，如此大言不惭，莫非真有本事，能使人面目一新？

剃头阿六很快进入角色，真正是一丝不苟。正理着，突然"喤、喤、喤"的大锣声急骤响起。不好，小日本鬼子的飞机来了。不一会儿，哭爷的喊娘的，鸡飞狗跳，猪嚎驴叫，逃的逃躲的躲，整个村庄乱了套。

田爷急煞，顾不得半截子阴阳头，起身欲走。剃头阿六不由分说，一把按住，说："慌啥，还没完。这模样，算出你自己的丑还是算出我的丑？"

天哪！炸弹跟屁股就来了，性命保不保都天知道，还剃什么头，真是的。田爷死活不肯再剃，再三表示剃头钱决不少一个子。

剃头阿六仿佛受了极大侮辱似的，拿起一把磨得锃光锃亮的剃须刀在田爷面前晃了晃说："莫动，莫嚷。割了喉咙莫怨我手艺不精！"

由于那把明晃晃的剃须刀，田爷不敢再动弹，只是浑身上下筛糠般抖个不停。"轰！轰！"日本人的炸弹在村头炸响了。

田爷惊出一身冷汗，头皮也湿得有水淌下。剃头阿六顾自剃头，一点不在乎可能发生的危险，仿佛压根儿没听见炸弹爆炸声，没看见村庄里乱糟糟一片逃难景象。

终于，剃头阿六收起了剃须刀，取出一面破旧的镜子递给田爷，嘴里说："满意不满意在你，手艺决不马虎在我。"

田爷哪有心思照镜子，急欲付钱开溜。就在这当儿，飞机的呼啸声近了，炸弹从天而降。弹片击中了剃头佬后背，血染红了他整个背脊。田爷抱着血人般的剃头佬不知所措。

剃头阿六两眼死死盯着田爷，断断续续地说："如、如不满、满意，可以不、不给钱。"

田爷连连说道："满意，真的很满意……"

可惜剃头佬永远听不见了。

（载《微型小说选刊》1993 年第 5 期）

火　驹

谢志强

　　他的居室，贴满了千姿百态的马的图片。最醒目的是卧室床头的一幅徐悲鸿的奔马图，那丹青极为传神，仿佛能听到马蹄嘚嘚和昂首嘶鸣。他一直期望能有一匹活生生的马相伴。他一生无所作为，平平庸庸，却独爱马。他说："要能亲眼看见骏马奔驰在辽阔的草原就好了。"

　　他豁不出去，既没有去草原，更没有见骏马，直到年老卧病不起。整天，唯一的生活乐趣就是欣赏壁上那静立或奔腾的马。他恍惚觉得死亡之神即将降临。我多么虚弱，衰老呀！他想。他遥想了意气风发的少年时代和朝气蓬勃的青年时代。

　　一天，他对在一旁照料他的儿子说："院子里进来了一匹马。"

　　儿子说："怎么可能？城里没有马，有也是公园里的马，驯服得再老实不过了。"

　　他说："你上院子里去看看。"

　　儿子回来说："院子里空空的，恐怕是风吹梨树发出的声音。"

　　他固执地说："我分明听到马蹄声，像踏在我的心里。"

　　儿子倒出砂锅内的药汁："该吃药了。"

　　喝了苦涩的药汁，他像是经过一番长途跋涉，疲乏不堪，垂下眼皮。

　　儿子征求他对晚餐的蔬菜的意见，他说没有胃口。于是，儿子告辞了。可是，他认定院子里有匹马，甚至马在撞击门，欲闯进他的卧室。他担心门没上锁。闯进居室多麻烦，他想。他甚至想象室内被践踏得乱糟糟的情景。他受不了。他一向讲究清洁、整齐。只是，现在，他身不由己，无力起来阻止那匹野性勃勃的马了。他甚至想象出那匹马像红绸缎一样的皮毛。

这种担忧持续到钥匙在锁孔内咯噔一声，他说："那匹马折腾了一个下午，它要冲进来。"

儿子诧异地说："门关得很牢。"

他说："你去把马赶远点，我心里很不舒服。"

儿子出去片刻，说："我已把它赶出院门外了。"

他舒了口气："一下午，它又是叫，又是撞，它闯进来，我还真拿它没办法。"

"怎么可能？"儿子说，"爸爸，你可能太乏了，以往，你那么喜欢马。"

"我讨厌和马一道，它太喧闹。"

"爸爸，你先喝药还是先吃饭？"

"我嘴里发苦。"他想撑起身子，终于没起来，他指指墙壁上的画，"揭下来。"

"这……"

"我在时，闯进院子的那匹马可能有什么感应，我这儿有这么多马，马喜欢合群……"停了片刻，他又说，"对，全部揭下来，你带走。"

"怎么处理？"

"随你。"他说，"我曾经想抛开一切，去牧场，我连这也没勇气，现在……"隔两日，他咽了气。

送葬时，儿子将他搜集了一生的马的图片点燃。儿子默默看着火苗渐渐大起来，形成很猛的火势，最旺时，仿佛一匹辉煌的火驹脱颖而出，原地挺立、嘶鸣，似乎一只无形的手在扯拉缰绳。那是爸爸。儿子想。末了，火驹离去，留下灰烬，翩翩起舞。儿子看着父亲的遗像，默默地说："爸爸，你安息吧！"

（载《微型小说选刊》1994 年第 2 期）

等待敲门

汝荣兴

屋子里亮着台灯。

橘黄中泛着粉红的柔和的灯光里，婕正在结毛衣。可不知怎的，婕总是结错，不是将应该朝上挑的那一针往下扣了，就是在不该跳针的地方跳出了一个不小的洞眼来……

婕很有些无奈。只得一边不时地将结错了的地方拆掉再重结，一边忍不住朝房门瞄去。

房门仍紧闭着。但这房门事实上并没有上锁。

其实，结毛衣不过是婕的一种掩饰，婕此时此刻实际上是在等待敲门。

婕今年23岁。婕是个美丽无比的女孩。婕很清楚，在单位里，她所到之处，背上总是会贴满那些仰慕又渴望的眼睛。但婕现在等待的，并不是所有那些长着仰慕又渴望的眼睛的人都来敲门。不，婕绝不是个爱慕虚荣的女孩。婕对茂情有独钟。婕的眼前满是茂的身影。

说句心里话，论长相，茂算不上跟她这个"白雪公主"相般配的"白马王子"。但茂的才情和气质足以弥补他长相上的不足。而且，在所有投向自己的目光中，婕也分明感到茂的目光是最热烈的。婕相信茂总有一天会来敲她的门的，只要是茂来敲门，婕就会……

所以，每当夜幕降临，婕总是坐在灯光里，结那件似乎永远也不会结完的毛衣。

日子就这么一天天地过去了。婕那扇并没有上锁的房门，却始终是静悄悄的。喂，茂，你在干什么呀？

婕也曾想过，或许应该在哪一天下班时，给茂一个什么暗示。可真有了那可以给暗示的机会，婕却又忍不住昂起她那高贵的头颅。婕觉得女孩子还是"内向"一点好，她认为主动应该属于男人，所谓"君子好逑"嘛。

就这样，时光多情又无情地流逝着。这天晚上，婕几乎已经没有心思再去织那件毛衣了。她呆呆地坐在自己的房间里，透着几分忧郁的眼睛一眨不眨地盯着那扇没有上锁的房门。最后，当她意识到又一个夜晚即将成为过去，当她好不容易作出决定，准备放下架子去找茂的时候，随着吱呀一声门响，茂却出现在了她的面前！

"你……"婕激动得几乎说不出话来。她已有了扑向茂的怀抱的打算。

但茂好像并没有那种企求。他开口说的第一句话是："真对不起，我来打扰你了。"

然后，茂就红着脸，低着头，又说道："是这样的，我明天要和丽结婚了，丽想……想请你做她的伴娘。"

刹那间，婕的眼泪就禁不住哗哗地淌上了脸颊。她甚至不能自已，就脱口冲着茂嚷了起来："为什么？！难道我……我配不上你吗？！"

"你……我……"茂震惊了，也结巴了。

"我，我天天晚上在等你来敲门呀……"她扑在床上，抱着枕头，啜泣着。

这时，茂也终于亮出了他的心里话来："我……可你总是那么一副高不可攀的样子，我怕呀……"

（载《微型小说选刊》1994年第8期）

奸　细

孙方友

公元前 209 年，陈胜、吴广在大泽乡起义反秦。在陈郡古城上树起了"张楚"大旗，陈胜被推举为王。不久，秦将章邯东击，消息刚刚传出，陈胜部下就抓到一个奸细。

奸细名叫巴将，很年轻，不足三十岁，一副文质彬彬的样子。陈胜望了巴将一眼，问："你为什么背叛我？"

巴将笑笑，回答："我是奸细，原本就不是你的人，何谈背叛？"

陈胜语塞，许久了又问："是谁派你来当奸细的？"

巴将望了陈胜一眼，说："是你的敌人！"

"我的敌人是官府，你为什么要替官府卖命呢？"陈胜不解地问。

"原来我也是如此想的！"巴将咽了口唾沫说，"刚混入你的队伍时，我真想背叛我原来的主子！因为我也是穷苦出身！后来见你称王，就再也不三心二意了！"

"为什么！"陈胜瞪大了眼睛。

"大王如果得天下，我不是照样给官府卖命吗？一臣不保二主，我何必落个背叛的骂名呢？"

陈胜叹了一口气，问："临死你还有什么要求？"

"只求大王开恩，让你的敌人知道我是为他们而死的足矣！"

巴将恳求说。

陈胜望着巴将，沉思片刻，突然笑道："如此忠诚，令我心动！我决定不杀你，为能挽留你，我还要封你为官！"

巴将不相信地望着陈胜，半天没说一句话。

陈胜言而有信，当即下了诏书，封巴将为陈郡太守，第二天巴将就走马上任进了陈郡太守府邸。

消息很快地传到章邯军中，章邯大怒，急忙派人杀了巴将全家。

消息反馈到陈胜这里，陈胜大笑，立即派人抓来巴将，笑道："人人都有官心，你也不例外，一顶乌纱让你落得里外不是人，而且搭了全家性命！"

巴将也笑道："我知道你会这样干的！为报此仇，我虽然只在位半个月，但已经为你安排了后事！"

陈胜大惊，慌忙派人包围太守府，提来府内大小官员和士兵佣人，一下杀光了。

这批人中，有一个姓庄的小吏。他的哥哥叫庄贾，就在陈胜的王宫里当差。田臧叛杀吴广之后，庄贾就杀死了陈胜。

（载《微型小说选刊》1995 年第 1 期）

僧面佛面

沈祖连

1

小伟从幼儿园回来，一眼看见爸爸的书柜顶上有一匹马，很光滑很好玩。那马头昂着蹄扬着，似在奔驰。小伟极想得到它。

书柜太高，够不着。小伟便搭了三张椅子，小伟登上第三张椅子——够着了。小伟把马抱了过来，很得意。不想那椅子歪了，哐啷一下，椅翻了，人摔了，马碎了。小伟骇得哭了，连屁股肿痛也顾不上了。

小伟知道，打碎了爸爸的马，一定会受到惩罚的。

怎么办怎么办？

小伟第一个想到的便是妈妈。小伟一瘸一拐地来到办公室，哭诉了前情，很快得到了妈妈的安慰："哭什么，不就是一匹马吗？哭什么？乖乖，摔着了没有？"

妈妈把小伟拉过去，又是摸又是捏，又是搽肿痛灵又是搽紫药水。

小伟的害怕却丝毫没有减轻，因为妈妈并没有说出解决的办法。

"还哭？是不是摔骨折了，来，我看看。"

"不，我怕……"

"怕什么？不就是一匹泥马吗？"妈妈说，"等你爸爸回来，就说是我打碎的好了。"

小伟破涕为笑了。

不过，妈妈也知道那马在丈夫心中的分量，说是自己打的，他能信？能不能为小伟开脱，那还说不准。妈妈感到心中没数。有了，找爷爷去。他们家的传统都是儿子怕老子。能搬出这尊老佛爷就万事大吉了……

2

大伟在机关混过几年，出任了 XX 有限公司的总经理。

大伟一直都挺顺，只是近来出了点问题，在边境贸易中参与了一起走私，上边查得紧。据说，大伟还是案中要人。

大伟蒙了。他原以为开放搞活，见着什么做什么，谁知……

怎么办怎么办？

大伟深知此次不同于摔碎唐三彩，妈妈及爷爷是帮不了忙的，必须……

大伟第一个想到的便是他的局长。局长是一位慈善得像妈妈一样的女人。他便是女局长慧眼发现才被提拔的。

"慌什么慌什么？不就是几辆汽车吗？"

女局长安慰他说。

"可是，上头来查了！"

"上头来人，不也是先到我这里吗？问题是，你老实说，那些车款，有没有落入你的腰包？"

"这点你放心，我大伟再穷也不至于贪公家一分！"

"那就好，回去放心上班，天塌下来老娘顶住。"

大伟走了，女局长也感到心中没底，查走私是上边下的文，她区区一个局长，能扛住什么？为了保险起见，她想起了老部长。倘能请出这尊老佛爷，即使不能完全解脱，也能减轻一二……

（载《微型小说选刊》1995 年第 5 期）

永远的门

江南古镇。普通的有一口古井的小杂院。院里住了八九户普通人家。一式古老的平屋，格局多年未变，可房内的现代化摆设是愈来愈见多了。

这八九户人家中，有两户的常住人口各自为一人：单身汉郑若奎和老姑娘潘雪娥。

郑若奎就住在潘雪娥隔壁。

"你早。"他向她致意。

"出去啊？"她回话，擦身而过，脚步并不为之放慢。

多少次了，只要有人有幸看到他和她在院子里相遇，听到的就是这么几句。这种简单的缺乏温情的重复，真使邻居们泄气。

潘雪娥大概过了四十岁了吧，苗条得有点单薄的身材，瓜子脸，肤色白皙，五官端正，衣饰素雅又不失时髦，风韵犹存。她在西街那家出售鲜花的商店工作。邻居们不清楚，这位端丽的女人为什么要独居，只知道她有权利得到爱情却确确实实没有结过婚。

郑若奎在五年前步潘雪娥之后，迁居于此。他是一家电影院的美工，据说是一个缺乏天赋的工作负责而又拘谨的画师。四十五六岁的人，倒像个老头儿了。头发黄焦焦、乱蓬蓬的，可想而知，梳理次数极少。背有点驼了。瘦削的脸庞，瘦削的肩胛，瘦削的手。只是那双大大的眼睛，总烁着年轻的光，烁着他的渴望。

他回家的时候，常常带回来一束鲜花，玫瑰、蔷薇、海棠、蜡梅，应有尽有，四季不断。他总是把鲜花插在一只蓝得透明的高脚花瓶里。

他没有串门的习惯，下班回家后，便久久地待在屋内。有时他也到井边，洗衣服，洗碗，洗那只透明的蓝色高脚花瓶。洗罢花瓶，他总是掬上明净的井水，噘着嘴，极小心地捧回到屋子里。

一道厚厚的墙把他和潘雪娥的卧室隔开。

一只陈旧的一人高的花竹书架贴紧墙壁置在床旁。这只书架的右上端，便是这只花瓶永久性的位置。

除此以外，室内或是悬挂，或是傍靠着一些中国的、外国的、别人的和他自己的画作。

从家具的布局和蒙受灰尘的程度可以看得出，这屋里缺少女人，缺少只有女人才能制造得出的那种温馨的气息。

可是，那只花瓶总是被主人拭擦得一尘不染，瓶里的水总是清清冽冽，瓶上的花总是鲜艳的、盛开着的。

同院的邻居们，曾是那么热切地盼望着，他捧回来的鲜花，能够有一天在他的隔壁——潘雪娥的房里出现。当然，这个奇迹就从来没有出现过。

于是，人们自然对郑若奎产生深深的遗憾和绵绵的同情。

秋季的一个雨蒙蒙的清晨。

郑若奎撑着伞依旧向她致意："早。"

潘雪娥撑着伞依旧回答他："出去啊？"

傍晚，雨止了，她下班回来了，却不见他回家来。

即刻有消息传来：郑若奎在单位的工作室作画时，心脏跳动异常，猝然倒地，刚送进医院，就永远地睡去了。

这普通的院子里就有了哭泣。

那位潘雪娥没有哭，眼睛委实是红红的。

花圈，一只又一只。那只大的缀满各式鲜花的没有挽联的花圈，是她献给他的。

这个普通的院子里，一下子少了一个普通的生活里没有爱情的单身汉，真是莫大的缺憾。

没几天，潘雪娥搬走了，走得匆忙又突然。

人们在整理画师遗物的时候，不得不表示惊讶了。他的屋子里尽管灰蒙蒙的，但花瓶却像不久前被人拭擦过似的，明晃晃的，蓝晶晶的，并且，那瓶里的一束白菊花，没有枯萎。

当搬开那只老式竹书架的时候，在场者的眼睛都瞪圆了。

门！墙上分明有一扇紫红色的精巧的门，门拉手是黄铜的。

人们的心悬了起来又沉了下去。原来如此！

邻居们闹闹嚷嚷起来。几天前对这位单身汉的同情和敬意，顿时化为乌有，变成了一种不能言状甚至不能言明的愤懑。

不过，当有人伸手想去拉开这扇门的时候，哇地喊出声来——黄铜拉手是平面的，门和门框平滑如壁。

一扇画在墙上的门！

（载《微型小说选刊》1995 年第 7 期）

一串墨点

高海涛

生产资料公司吴经理正在家写他的回忆文章。

"1945年3月的一天，我们驻扎在魏民村，我在一个老乡家里起草与鬼子的作战计划。突然，钢笔不漏水了，我很急，一甩钢笔，墙上留下一串墨点。我继续起草计划。

"警卫员来报：'鬼子离村子还有二里远。'

"'全体集合，迅速转移。'我说完，马上收拾文件和纸张。队伍迅速撤离了村子。我忽然想到鬼子是很狡猾的，那一串墨点可能会给村民带来灭顶之灾……"

刚写到这里，响起低低的敲门声。他急忙去开门，门口站了个土里土气的魏民村村委会主任，经理的脸上立时阴云密布。

"吴经理，我们的化肥按计划不够。"村委会主任看着经理的脸色，敬上一支烟，点上，瑟缩进沙发的一个角里。

经理吐出一口浓烟，那烟缭缭绕绕围着回忆录旋转。

"我也没有什么办法嘛，化肥就这些，紧张呀！"吴经理皱皱眉头。

打发走村委会主任，吴经理继续写自己的回忆录：

"……我单独来到那个老乡家。

"老乡问：'政委你不是出去了吗？鬼子已把村子包围了。'

"我什么也没有说，径直走到桌旁，拿出匕首，刮去那一串墨点。

"老乡站在我的身后，眼中流出了眼泪：'队伍真好！'……"

又是一阵急促的敲门声，山响。"怎么又回来了？"吴经理嘟囔着，慢慢开了门，眼前顿时一亮，"小王呀！快，快进来！抽，抽支孬烟！"吴经理抽出一支"良友"。

小王一手夹着烟，一手平放在沙发的后背上，跷着二郎腿，吞云吐雾，好不潇洒自在："大经理，那事办得怎样啦？回扣这个数。"平放在沙发上的手抬了抬。

"我这就写条子。"吴经理习惯地写道：请给化肥……突然，钢笔不漏水了，来不及吸，只好把笔一甩，一串墨点正印在"队伍真好！"下面，像是加了一串着重号。吴经理看着这些墨点，内心深处响起了一声声呼唤，"队伍真好！……"，手竟不自觉颤抖起来了……

（载《微型小说选刊》1995 年第 8 期）

风　铃

刘国芳

兵回家探亲时，小琪抱着孩子来看他。兵屋里一屋子人，很热闹，小琪进来，把一屋子的热闹熄灭了。

旋即，众人离去。

一屋子只剩下兵和小琪，还有那个抱在小琪手里的孩子。

相对无言。

良久，小琪开口说话了："我对不起你。"

兵无言。

小琪说："是我母亲逼我嫁给大狗的，他有钱，给了聘礼两万块。我不嫁，母亲跳了两次河。"

兵无言。

小琪说："我是爱你的，一直爱，我也知道你喜欢我，你还同意的话，我跟大狗离婚，跟你结婚。"

兵无言。

小琪见兵不说话，出去了。俄顷，小琪走了回来，她手里除了抱着一个孩子外，还多了一只风铃。

小琪说："这风铃是你以前送我的，这两年我一直把它挂在门口。"

兵看见风铃，开口了："你现在来还我风铃，是吗？"

小琪摇头："我刚才说了，你还同意的话，我跟大狗离，跟你结婚。这事，你不要急于回答我，你考虑考虑，同意的话，把风铃挂在你门口，我看见了风铃，会来找你。"

小琪说着，放下风铃走了。

屋里剩下兵一个。

兵呆着，许久许久。后来兵拿起风铃，在手里晃动，于是有丁零丁零的声音在屋里响起。小琪住在隔壁，听到风铃声，她跑出来，抬头往他门口看。

他门口没有挂风铃。

小琪呆在自家门口，潸然泪下。

兵回部队时，也没把风铃挂在门口，兵把风铃带走了。回连队后，兵把风铃挂在营房门口，是大西北，风大，风铃整天在门口丁零丁零地响，兵没事时，呆呆地看着，还说："小琪，我把风铃挂在门口了，你看到了吗？"

军营里挂一个风铃，起先让兵们觉得好玩，久了，兵们烦了，觉得丁零丁零的声音很吵人，于是让兵拿下来。兵拿下来，把风铃放好。但没事时，兵会把风铃拿出来，兵找一个无人的地方，坐下来，然后把风铃放在胸前晃动，让风铃丁零丁零地响，还说："小琪，我把风铃挂在我的心口了，你看到了吗？"

小琪看不到，兵把风铃挂在心口也罢，门口也罢，小琪都看不到，小琪只看得到他的家门口，那儿，没有风铃。

两年后兵退伍了。这回，小琪没来看兵。兵问人家："小琪呢，怎么不见她？"人家说小琪不怎么出来了，整天缩在家里。兵问出了什么事，人家说小琪老公找了一个更年轻的女人，跟小琪离了。

兵沉默起来。

隔天，兵把风铃挂在了门口。

小琪没来。

兵便看着风铃发呆，在心里说："小琪，我把风铃挂在门口了，你看到了吗？"

有风吹来，风铃丁零丁零地响，兵听了，又在心里说："小琪，风铃在响，你听到了吗？"

小琪听到了，也看到了，但她抱着孩子坐在屋里一动不动，没出来。

隔天，兵找上门去。

兵去之前，把风铃取了下来，然后放在胸前，同时用手晃动着，于是在风铃丁零的响声中，兵走进了小琪屋里。

小琪见了兵，把头低下，然后说："我现在被人遗弃了，你还来做什么？"

兵说："来告诉你，我不但把风铃挂在门口了，还挂在心上了。"

说着，兵又把手中的风铃晃动起来。小琪的孩子，4岁了，会说话，听见风铃响，孩子把一只手伸出来，还说："妈妈我要。"

（载《微型小说选刊》1995 年第 11 期）

画家和他的孙女

王奎山

画家有一个 6 岁的孙女。6 岁的孙女叫婷婷。婷婷也喜爱画画。

婷婷画了一棵树。

他说："婷婷，你画的树不对。"

婷婷说："怎么不对呢？"

他说："树枝不对。"

婷婷说："树枝怎么不对呢？"

他说："树枝怎么能比树干还粗呢？"

婷婷说："树枝怎么不能比树干粗呢？"

他说："那就不是树了。"

婷婷说："不是树你怎么说是树呢？"

他无话可说了。

婷婷画了一只小兔子。

他说："婷婷，你画的那只小兔子不对。"

婷婷说："怎么不对呢？"

他说："兔子有红色的吗？"

婷婷说："兔子怎么会没有红色的呢？"

他说："你见过红色的兔子吗？"

婷婷说："没见过的就没有吗？"

他说："那就不是兔子了。"

婷婷说："不是兔子你怎么说是兔子呢？"

他没话说了。

婷婷画了一匹马。

他说："婷婷，你画的那马不对。"

婷婷说："怎么不对呢？"

他说："马有翅膀吗？"

婷婷说："马没有翅膀。"

他说："那你为什么给马画上了翅膀呢？"

婷婷说："我想让马长出翅膀来。"

他说："那就不是马了。"

婷婷说："不是马你怎么说是马呢？"

他又没话说了。

婷婷还画了一只老母鸡。老母鸡下了一个蛋。那蛋比老母鸡还大。婷婷就拿那画参加西班牙的一个国际儿童画展。结果，婷婷得了一等奖。

画家心里就犯嘀咕："这洋人，怎么跟小孩子没两样儿呢？"

（载《微型小说选刊》1996年第2期）

六叔秘事

　　六叔是一九五三年参军出国到朝鲜的，一九五四年他就复员回乡了。六叔回乡的时候，穿了一身棉——棉衣棉裤，还有棉帽。他说朝鲜冷，夏天还盖被子，冬天一片白，鼻子差点冻掉。他没有带回军功章，因为他到朝鲜的时候，美国已经坐到板门店的谈判桌上了，因此他没有赶得上同美国鬼子交火。不过六叔从没有因此而遗憾，他很自豪地向人夸口说，他杀了一个日本鬼子，这鬼子强奸妇女，十恶不赦。他说这事时眉飞色舞，挺得意，还做了一个端枪瞄准的动作，然后右手食指一勾——"砰"："操他奶奶的，我用的是开花弹，把鬼子的心窝掏了一个大窟窿，真解恨！"每年年关慰问复退军人，六叔总要向人说起这个故事，每次说完，他就手脚乱舞，哈哈大笑，笑得几乎憋不过气来。在场的人听了，不禁肃然起敬。

　　不过，六叔的这个故事引起我的怀疑，是在我上了中学以后。我从历史课老师那里得知，抗美援朝战争打的是美国鬼子，而不是日本鬼子。因此，当六叔再次讲起这个故事时，我便纠正他："你杀的是美国鬼子，不是日本鬼子？"谁料六叔听了竟摇头不迭，说得铁板钉钉："不是美国鬼子，是日本鬼子！那日本话我听得出来：米西米西，八格牙路，死啦死啦的，花姑娘的有……"说完又拍手又跺脚，哈哈大笑。

典藏本
一

我不服气，就讲抗美援朝的历史。乡亲们没见过世面，又没喝过多少墨水，见我一副顶真的样子，就说："什么美国鬼子、日本鬼子，反正都是鬼子，差不多。"六叔对此并不苟同，固执地坚持说他杀的是日本鬼子。这使我很纳闷。

六叔是放牛娃出身，没上过学，公社化后曾当过一任生产队队长，他嫉恶如仇，带头苦干没的说，只是想头差，又不会算账。他自知能力有限，就让贤不当队长了。

六叔是一九八六年春去世的。他去世后的第二天，来了个收购竹笋的外乡人，一找找到六叔的门下，得知六叔已经去世，不胜唏嘘，还去六叔的墓前祭奠了一番。他自称是六叔的老战友。我当时正好在家，想起了六叔杀了一个日本鬼子的故事，便向他探问。他听后哑然失笑，说："这是一个笑话。"于是他给我们讲起了六叔的故事。

那是在朝鲜，大家都是第一次看电影，看的是一部抗日题材的影片，影片演到一个日本鬼子强奸一个怀了孕的中国妇女，当他狞笑着扑向那个妇女时，六叔忍无可忍，突然举枪，一枪干过去，把银幕烧了个窟窿，还好没伤着人……

这当然很出乎我们的意料，不过我们并不觉得好笑。我们非但没有责怪六叔撒谎，反而觉得他杀鬼子的故事很美，很辉煌，很感人肺腑。

（载《微型小说选刊》1996 年第 3 期）

最后的玫瑰

徐慧芬

在这条小街上，开着一家花店。店主是个中年妇女，雇了一个十七八岁的姑娘帮忙。姑娘一看便知是一个外乡人，她很勤勉，守在店里，终日站着或蹲着，不是忙着出售花，便是帮着扎花篮。

小店虽处僻静，但生意还算不错。顾客主要是附近那所大学的学生。情人节、教师节、圣诞节、聚会、派对、生日、约会，都需要花。女孩子常常是三五个搭伴着来，买的时候，左挑右挑，叽叽喳喳很热闹。男孩子往往是一个一个单独来买，看准了买，付了钱就走。

有一个大学生引起了姑娘的注意。他总是在周末来到店前，摸出准备好的零钱，随手从玻璃缸里抽出一枝玫瑰，他的口音被姑娘听出他也不是本地人。小伙子瘦瘦的，穿着过时的球鞋，蜡黄的脸色，有点营养不良的样子。

这回，有好几个周末，小伙子突然不来了。姑娘有一点想念他。姑娘想，小伙子买了花一定是送给喜欢的姑娘的。他一定是恋爱了，现在也许女孩不和他好了，分手了，他也不要再送花了。姑娘有一点为他难受，又有一点为他高兴。乡下人出来读书不容易，把几个钱都买了无用的花，真不该啊，现在总算好了。

可是没多久，男孩又出现在花店前，又开始了每周一枝玫瑰的买卖。持续了几个月，小伙子又不来了。姑娘想，如果下次他再来，她要劝劝他，好好读书，不要把钱乱花掉。

姑娘闲下来，常常瞅着那所大学的方向。终于有一次，他们在一家书店里碰到了。姑娘是去买一本插花的书。小伙子正拿着一套书，和店里商量，因为钱不够，他想用一沓菜票作抵押，等回去拿了钱来赎还。他怕这最后的一套书被人买走了。姑娘走了过去，替他付了钱。就这样两个人开始了交谈。谈谈城市，谈谈乡下，谈谈书，谈谈花，两人谈得很快乐。

小伙子来还钱，又从花堆里取出一枝红玫瑰付了钱。姑娘把钱退到他手里："还是别买了吧，啊？"姑娘的声音里似有一种不满，又有一种恳求。想不到，小伙子把玫瑰递到姑娘面前说："这枝花，是我送你的。"姑娘读懂了小伙子眼睛里的话，红了脸庞又红了眼圈，把这枝玫瑰单独插在一只花瓶里。

小伙子走后，姑娘想了很久，想了好多，哭了又笑，笑了又哭。第二天一早终于把那枝花又插到大玻璃缸里。小伙子来了，望着那只空花瓶，问她那枝花呢。姑娘淡淡地说："卖了。花又不能当饭吃。"姑娘想只有这样才能断了他的心思。她知道她配不上大学生，也知道书呆子气的大学生不太会挣钱。小伙子瞅着她，看了好一会儿，看到姑娘眼眶里蓄着的泪，默默走了。不再来了。

又一年的一个春天里，小伙子来了，脸色红润多了。他邀姑娘出来，走到另一家花店前。然后他从口袋里掏出钥匙，对姑娘说："这店是我的，我想请你做老板娘。"

梦一样的声音，使姑娘一句话也说不出就湿了眼眶。小伙子告诉姑娘，他大学已毕业，有了一份工作。半年里，他每月的工资，每天晚上打工的钱，凑在一起，租了这间店面，开了花店。他说，只有这样，他的梦想才能实现。他的梦想，只是想找一个肯吃苦肯学习又有爱心的好女子做新娘。新婚之夜，新娘问他："你怎么会看上我的呢？"他说，他是在买了她很多玫瑰后才发现，她是他最后的玫瑰。姑娘拥住了他。他把嘴唇附在她耳畔，轻轻说道："我们会好的。"

（载《微型小说选刊》1996年第7期）

高等教育

司玉笙

强高考落榜后就随本家哥去沿海的一个港口城市打工。

那城市很美，强的眼睛就不够用了。本家哥说，不赖吧？强说，不赖。本家哥说，不赖是不赖，可总归不是自个儿的家，人家瞧不起咱。强说，自个儿瞧得起自个儿就行。

强和本家哥在码头的一个仓库给人家缝补篷布。强很能干，做的活儿精细，看到丢弃的线头碎布也拾起来，留作备用。

那夜暴风雨骤降，强从床上爬起来，冲到雨帘中。本家哥劝不住他，骂他是个憨蛋。

在露天仓垛里，强查看了一垛又一垛，加固被掀起的篷布。待老板驾车过来，他已成了个水人儿。老板见所储物资丝毫未损，当场要给他加薪，他就说不啦，我只是看看我修补的篷布牢不牢。老板见他如此诚实，就想把另一个公司交给他，让他当经理。强说，我不行，让文化高的人干吧。老板说，我看你行——比文化高的是人身上的那种东西！

强就当了经理。

公司刚开张，需要招聘几个大专以上文化程度的年轻人当业务员，就在报纸上做了广告。本家哥闻讯跑来，说，给我弄个美差干干。强说，你不行。本家哥说，看大门也不行吗？强说，不行，你不会把这里当成自个儿的家。本家哥脸涨得紫红，骂道，你真没良心。强说，把自个儿的事干好才算有良心。

公司进了几个有文凭的年轻人，业务红红火火地开展起来。过了些日子，那几个受过高等教育的年轻人知道了强的底细，心里就起毛说，凭我们的学历，怎能窝在他手下？强知道了并不恼，说，我们既然在一起共事，就把事办好吧，这个经理的帽儿谁都可以戴，可有价值的并不在这顶帽上……

那几个大学生面面相觑，就不吭声了。

一外商听说这个公司很有发展前途，想洽谈一个合作项目。强的助手说，这可是条大鱼呀，咱得好好接待。强说，对头。

外商来了，是位外籍华人，还带着翻译、秘书一行。

强用英语问，先生会汉语吗？

那外商一愣，说，会的。强就说，我们用母语谈好吗？

外商就道了一声"OK"。谈完了，强说，我们共进晚餐怎么样？外商迟疑地点了点头。

晚餐很简单，但有特色。所有的盘子都空了，只剩下两个小笼包，强对服务小姐说，请把这两个包子装进食品袋里，我带走。

虽说这话很自然，他的助手却紧张起来，不住地看向那外商。那外商站起来，抓住强的手紧握着，说，OK，明天我们就签合同！

事成之后，老板设宴款待外商，强和他的助手都去了。

席间，外商轻声问强，你受过什么教育？为什么能做得这么好？

强说，我家很穷，父母不识字，可他们对我的教育是从一粒米、一根线开始的。后来我父亲去世，母亲辛辛苦苦地供我上学。她说俺不指望你高人一等，你能做好你自个儿的事就中……

一旁的老板眼里渗出亮亮的液体,他端起一杯酒,说,我提议敬她老人家一杯——你受过人生最好的教育——把你母亲接来吧!

（载《微型小说选刊》1996 年第 9 期）

小站歌声

修祥明

子夜时分，山村的小站昏暗、静谧。苗兰老师提着行李来到站台，像触电般浑身颤抖起来。她本想在夜深人静时悄悄离开山村，没想到全班四十多个孩子全站在这里为她送行。

站牌下，放着一篓子山核桃，篓把上贴着个红双喜字。这是山里人祝贺新婚的礼节。

三天前，她去了趟县城，回到山村，她对孩子们说，要和远隔千里的男朋友举行婚礼，婚后，她就在那里定居了。

孩子们舍不得她，却没张口挽留她，只将一串串难舍难离的泪水洒下……

远处传来列车的长鸣。

四十多个孩子眼含泪水，像一棵棵被暴雨浇伤的禾苗一样，凄悲地立着。

班长说："咱们为苗老师唱一首《好人一生平安》吧。"

歌声在夜空中响起："有过多少往事／仿佛就在昨天／有过多少朋友／仿佛还在身边／也曾心意沉沉／相逢是苦是甜／如今举杯祝愿／好人一生平安……"

这歌声，低沉悲哀，却是孩子们真诚的祝愿。

列车徐徐地向前开动着，孩子们像一阵旋风一样随车跑着，唱着……

好人一生平安。

歌声像让泪水滤过似的。

车上，苗兰老师失声痛哭起来。孩子们怎会知道，她不是去结婚的。三天前，去县城体检，她查出了患有白血病，在人生的旅途上，她只有半年的时间了。

（载《微型小说选刊》1996 年第 9 期）

万先生与方女士

戴　涛

　　不知道哪位名人说过，人与人的关系，距离远了太冷，靠得太近又有刺。夫妻之间，可谓是最接近的，自然就容易生出些"刺"来。

　　比如这一对，女的姓方，当然是方女士；男的姓万，该称万先生。方女士是某医院的麻醉师，因为她聪明好学，年轻轻的就在医院里有了名气。于是，她就有种青年得志的感觉，手术后回到家里总喜欢在万先生面前畅谈今天又采用了什么什么麻醉新方法，效果又是如何如何好。完了，往往用遗憾的语气补充一句："唉，你又不懂这些，说了也是白说。"可她下次还是照样大谈一通。

　　这种反复的刺激终于使得万先生有些沉不住气了，便反唇相讥道："那么我搞的法律工作你懂吗？"方女士马上回敬："我懂医学你懂法律至多是一比一打个平手，你这个大丈夫并不比我高明呀。"

　　听了方女士的这句话，万先生哪肯罢休："那你历史地理知道多少？丝绸之路从哪到哪？马可·波罗什么时候到中国的？鉴真和尚又在哪儿下船去日本的？""哼，这种东西，懂了又有什么用？本人不屑回答。"方女士的这种战略，使得万先生的进攻再也无法向纵深发展。

　　后来，因工作需要万先生经常出差，两人在一起的日子少得可怜，于是这种磕碰也就几乎绝迹了。一次万先生在外奔波了一年后，两人又重新厮守在一起，日子一久，难免"刺"又萌生。

这天，方女士回来得很晚，一到家，她就抑制不住地对万先生说："今天开胆，照规矩麻醉进针应在第八胸椎，我来个第十胸椎，不料效果特好。"说到这里，她冷不防又冲出一句，"喂，你知道第十胸椎在哪里吗？"这无疑是战斗的信号，万先生只得慌忙应战，武器嘛，倒是现成的。

"你知道上海到成都坐几次列车？"

"182 次、190 次直快。"

居然给她答出来了，万先生感到有些意外："请问，两趟车走的是同一条线吗？"

"不是，182 次走陇海线、襄渝线、阳安线；190 次走陇海线、宝成线。"

又给她答上了，万先生有些发急了："你说，两趟车都经过哪些省份哪些城市？"

"它们都先经过江苏的苏州、无锡、南京，安徽的蚌埠，河南的郑州，然后在洛阳分手。182 次再经湖北襄阳、陕西安康，到四川成都；190 次再经陕西西安、宝鸡到四川成都。"

方女士的回答如行云流水，万先生好一阵发愣，似乎坐过这两次火车的不是他，而是方女士了。不过，他岂肯轻易败下阵来，他还要作最后的挣扎："你知道两次列车的运行路线全长多少公里？"

"182 次全长 2620 公里，190 次全长 2351 公里。"

"哼，笑话，连我都不知道，你会说得清楚？还不是胡编乱造！"万先生冷笑道。

可方女士仍不动声色："不信你自己翻火车时刻表。"

当万先生一翻开火车时刻表，顿时目瞪口呆，竟然一公里不差！这下他终于全线崩溃，半晌才缓过劲来："你，你怎么如此精通？"

方女士从床底下拿出一卷纸和一本小册子，万先生急忙接过一看，一张中国地图和一本火车、轮船、飞机的时刻表。"你怎么突然研究起这些玩意来了？"万先生问。

"这叫急用先学嘛。"

"难道你能猜到我会考你这些东西？"

方女士不语，用幽怨的目光看着万先生，看得万先生又低下头去看地图。他忽然发现，地图上的一些地方全用红铅笔勾过，再仔细一看，凡是红铅笔勾过的地方竟然都是他出差走过的地方！

顷刻，万先生明白了一切，于是情不自禁地冲上去，对准方女士的秀脸狠狠地一连"啄"了几下。

（载《微型小说选刊》1996 年第 10 期）

德叔落选

何百源

人民公社化那一年，德叔18岁。从那时起他担任塘溪管理区（那时叫大队）支部书记，至今没有变动过。

50多岁的德叔，寡言少语，一副饱经风霜的基层干部形象：板刷头上斑白的短发冲天而立，脸上几道深深的"沟壑"刻画出几分刚强、几分淳朴。不分春夏秋冬，他都光脚穿一双塑料凉鞋。有一次市里一位画家下乡，以德叔为模特画了一张人物素描，题为《本色》，在省里获了个二等奖。

只要一提德叔，管区里没有人不竖起大拇指说："他真是个好人！"好在哪里？憨厚老实的庄户人笑笑说："崖（我）文化少，讲不出啰！"

不过，许多事情都能说明德叔确实是个大好人。30多年来，从生产队到大队，到公社（镇）、县，不论是选哪一种先进或模范，都少不了德叔的份。那时不兴奖钱，兴发奖状。德叔每次将奖状拿回家就往墙上贴，贴满整整一面墙。

每逢有"情况"，比如台风、汛期、地震先兆，德叔就跑到办公室值夜，睡在办公桌上，用电话机当枕头，电话铃一响就抓起来，沉沉地叫一声："喂……"

有一年分救济粮，分到最后差一户没分上，这户人家就是德叔家……

德叔让老婆缝了个小布袋，将公章装进去，随时挂在裤头上。有一回办公室在夜里遭到盗窃，盗贼卷走了德叔一个存折，想不到，上面只有一元的余额。多少年来，德叔真是"报上有名，电视里有影，广播上有声"，甚至成了具有传奇色彩的人物。

每一次改选村支书，点票结果都是德叔差一票就满票当选，事后都证明是德叔没选自己。有一次按规定年限又该改选了，文书在未经选举的情况下就上报了德叔。上级党委认为这样做很不严肃，批评了文书不应该这样儿戏。文书不服气地说："再怎么选也是德叔。"之后郑重地举行选举大会，结果还是德叔当选。

但是近年来，德叔在塘溪人的心目中，威信有点每况愈下。主要原因，是与周边相邻管区相比，塘溪显然落后了许多。且不说工农业总产值之低，且不说村办企业之少，单看村民的住房，就可知塘溪人的生活水平和几十年前没什么两样。不过，人们仍不忍心埋怨德叔。因为谁都知道，德叔至今仍住破瓦房，两张条凳架三块木板做床……

最近一次支部改选，德叔竟只得了一票，他落选了。

新当选支部书记的人名叫郭清文，是一位毛遂自荐、勇于开拓进取、先富起来的年轻党员。

点票结束后，在管理区主任主持下，举行了简单的"权力交接仪式"。德叔不无感伤地慢慢地将公章从裤头上解下来，双手递到郭清文手中，说："可得把它保管好……"

郭清文双手接过，说："德叔您放心。保管这印章固然重要，关键还在于要用好……"

（载《微型小说选刊》1996年第11期）

延安旧事

尹全生

那是一支挥洒着磅礴气势、辉煌哲思的笔，忽如瑞鹤乘风，忽如游龙入海，写完了《沁园春·雪》，写完了《实践论》《矛盾论》。然而同是那么一支笔，1937 年 10 月 9 日夜，却变得艰涩了，如同沉重的犁铧，走走停停，艰难地在油灯下苦耕——那支笔是在苦耕一块板结了几千年的刑不上大夫的疆土，更是在碾压一片连触及都不忍的感情。

当笔杆颤落了一天星斗，当油灯舔着了东方云霞，406 个字的一封短信总算写完，末尾是一个苍劲有力的签名，和一个不能忘记的沉重日子：1937 年 10 月 10 日。

短信在当天上午转到了陕甘宁边区高等法院，法院正在陕北公学操场公审黄克功。

黄克功当时任延安抗日军政大学第六队队长，因失恋开枪打死了陕北公学女生刘茜。

黄克功可以算是红军里最早的"红小鬼"了。他没枪高就参加红军，跟随毛泽东，饮弹井冈诸峰，浴血中央苏区，九死一生走过雪山草地，是身经百战的毛泽东的爱将。

参加公审大会的有一万多延安军民。法官、起诉人、辩护人、观审人……在会场上展开了激烈的争辩——

杀人者偿命！功勋不能抵消罪恶，地位不是赦免死罪的理由！

法律面前人人平等，必须判处黄克功死刑！这是法官、起诉人的意见。

一个黄毛丫头的命怎能与一个革命功臣、将领的命一般分量呢？他伤害了一条生命，可他曾经拯救过多少民众的生命？日寇侵我中华，大敌当前，对一员战将的需要难道不足以超越"杀人偿命"的原则吗？这是辩护人和大多数观审人的意见。

公审争执不休，相持不下。

面对法官，面对民众，昂首挺胸的黄克功眼睛湿润了。他请求法庭对自己执行死刑，但，希望给他一挺机枪，由执法队督押上战场，在对日作战中战死！

黄克功的请求，使法官和起诉人哑口无言。

天高云淡，寒风送雁。万人公审会场一片静穆。

就在这时，毛泽东的亲笔信送到了法庭——

> 黄克功过去斗争历史是光荣的……如为赦免，便无以教育党，无以教育红军，无以教育革命者，并无以教育做一个普通的人……

念完这封信，法庭当众宣布：判处黄克功死刑，立即执行！

听完宣判的黄克功向法官立正、敬礼——但抬起胳膊时意识到没戴军帽，便就势振臂高呼，高呼他的党，万岁！他的领袖，万岁！然后迈开大步走向刑场，如同满怀信心地去执行一项任务……

延安的老百姓不懂什么"法律"，什么叫"明镜高悬"，但他们会唱歌，他们唱"解放区的天是明朗的天"，唱得最动情、最起劲，唱得热泪盈眶。

据说毛泽东一生只流过两次泪，一次是为他牺牲在朝鲜的儿子流的，另一次是在处决黄克功的枪声响起的时候流的。他反复嘱咐：一定要为黄克功买口上好的棺材！

延安哪！

黄克功被埋在延安，埋在延安宝塔山的南面。

真的被埋了吗？

（载《微型小说选刊》1996 年第 11 期）

满 票

孙方友

村中有一小学校，学校虽小，但年代久远，据说起初是村上一位乡绅办的。乡绅姓张，名毅斋，学校也就起名叫"毅斋乡小"。新中国成立后，张毅斋被镇压，学校就更了名，改为"张广小学"。张广也是本村人，是位烈士，解放战争时期任共产党的第一任村长，不料当时反动势力猖獗，被反动派暗杀团杀害。因为张广是在小学校里被敌人活活钉死的，为纪念这位为革命献身的烈士，经政府同意，将学校改为"张广小学"。

校名本来应该顺理成章地叫下去，岂料不久前张毅斋的儿子从台湾回来了。他见家乡小学校房屋破旧，院墙倒塌，决心为乡人办点好事，捐款5万元人民币修建小学校，但也附加了个条件，学校修建好之后恢复原名：毅斋乡小。

老村长的独生子张郑原在乡政府里当书记，眼下离休在家安享晚年，一听说要更改校名，大发雷霆，气冲冲地找到村支书，说是坚决反对学校更名。村支书更是左右为难：改吧，烈士遗孤不同意；不改吧，这里是老区，经济困难，眼看5万元就要顺水漂走。万般无奈，他急忙召开村委会研究，干部们议论了一天，最后决定召开群众大会，让大伙用无记名投票来决定。

大会就在小学校里召开，一家一个户主，几百户人家全来了。村支书发下选票，宣布了两个候选名单，并说为照顾文盲，来个简单行事，只在选票上画圆或打"X"。画圆者表示同意更换校名，打"X"者就是不同意。

可做梦也未想到，投票结果，竟是满票——大伙儿都同意更换校名！

只是，大伙儿的情绪也非常低沉！

村支书大惑不解，悄悄问张郑："你为何也投了赞成票？"

张郑哭丧着脸说："昨夜我儿子和媳妇、孙子跟我吵了一夜，说我糊涂，说是对子孙万代有益的事儿你为何阻挡？名字算个鸟？爷爷的名字挂在上面就有点儿丢烈士的人！再过几年学校塌了砸死了学生是谁的罪过？孙子劝我说：爷爷你别难过，等我大学毕业挣了钱咱再把名字改过来！"

村支书面红耳赤，许久没说出话来……

（载《微型小说选刊》1996 年第 12 期）

男人相信眼泪

袁炳发

他是单位的推销员。

已经干了 4 年。

今天他特兴奋，因为他为单位推销出近百万元的产品。

高兴之余，他就连夜乘火车赶回他工作和居住的这个城市。

他要在到家的翌日，就把这个好消息告诉厂长。

他要让厂长心悦诚服地赏识他做推销工作的才华和气魄……

走出站台，已近午夜。

他打了一辆出租车，径直奔向自己的家。

走上三楼，他站在自家的门前，掏出钥匙轻轻地旋开门，又轻轻地走进他和妻居住的卧室。当他打开壁灯，床上的情景不堪入目，令他目瞪口呆。妻子身边本该是他的那个位置，现在却换成了另一个男人。

妻子和这个男人相拥而眠，而且睡相还都挺安稳，都挺幸福。

他气怒了，举起拳头就要砸向那个男人。

但他没有砸，强忍着怒气，推推那个男人。

推着时，他说："哎，醒醒吧，别睡过站了！"

那个男人一骨碌就爬起来了。

他看清了那个男人的面目，男人是他和妻子的厂长。

厂长慌慌张张地穿衣和裤。

这时，妻子也醒了。

醒来后的妻子见是他，便很急切地抓过一件衣服，捂住自己裸露着的双乳，说："事情怎么会是这样呢？"

他看着妻子，装作挺潇洒的样子，耸耸肩，然后摊开双手，说："是呀，很对不起，这是没有办法的事情。下了车，我总不能到旅馆开房间吧？"

厂长已穿好衣裤。厂长说："发生这样的事情，责任在我，不在你妻子。"

厂长又问："你看这事该咋办好？"

他说："能咋办，我只能离婚，把这里的居住权永久性地转让给你。"

厂长不语。

一阵沉默。

沉默好久，厂长站起来，对他说："这样吧，关于这件事，我们明天再商量，好吗？"

他听后，说："你滚吧，这里已经没有你的事了。"

厂长就走了。

厂长走后，他的妻就直直地跪在他的跟前，泪流满面地说："原谅我这一次吧！我也是没有办法，他是厂长，权力大得无边。单位面临裁员，如果把我裁下来闲在家里可怎么办呀！"说完，她就又呜呜地哭起来。

妻见他站在那里没有什么反应，就又说："原谅我吧，我再不会做对不起你的事。今后，我愿给你做牛做马，好好服侍你，行吗？"

他仍没什么反应。

她就又哭，泪水像断线的珠子，从两腮落下来。

她哭得伤心，哭得委屈，哭得真诚。

见她这样哭，他的心就软下来，弯下腰扶起她说："好，这次我原谅你。"

翌日，他像没发生什么事似的，把在外面推销出近百万元产品的好消息，汇报给厂长。

厂长听完汇报，也像没发生什么事似的，拍拍他的肩，说："好好干！我不会亏待你的。"他没言语，狠狠地盯了厂长几眼，就怒气冲冲摔门而去。

几天后，他又奔赴另一个城市去推销产品。

一天晚上，他宴请客户后，在回旅馆的路上，突然遭到两名歹徒的刺杀。

当这个城市的警方人员赶到医院向他询问当时的情况时，他已经奄奄一息。

据警方人员说，在他咽气之前，只讲了一句话："我过分相信了女人的眼泪。"

警方人员根据这句话，广泛调查，深入走访，终于使这起刺杀案件真相大白，原来那两名歹徒是推销员的妻子和厂长花钱雇用的。

（载《微型小说选刊》1996 年第 12 期）

故 事

凌可新

那天少女旻在沙滩上被一个青年男人莫名其妙地拦住了。那人很潇洒很英俊。他笑着说："小姐，能互相认识吗？"

不等少女旻有所表示，男人接着说："我注意您很久了。实话实说，您非常像我以前的女朋友。一举手一投足，一颦一笑，简直就是一个人。我至今还铭心刻骨地爱着她，可她在两年前就离开了我。是永远……这里面有一个令人伤心的感人的故事……"

男人脸上浮现出一些哀伤来，浮游在原本的笑脸上，显得缺乏真实感。一开始少女旻很害怕，怕他不怀好意。她的心怦怦跳，但很快就平静下来。她看看四周来来往往的人，心想他不会把自己怎么样，有这么多人呢！不妨听听他怎么说，也许还真有一见钟情的事儿呢。

于是少女旻笑笑："其实认识一下也没关系。何况您认为我很像您的女朋友呢？不妨说说那个令人伤心的感人的故事。"

男人受到了鼓舞，点点头，说：

"我的女朋友名叫小芳。不是有首挺流行的歌，'村里有个姑娘叫小芳'吗？不错，她就叫那个名儿，也长得好看又善良。她在城郊一所小学当教师。我们相爱有三年了吧。爱得死去活来，终于有一天，我们融作了一体，也就是我们的爱升华到……那种程度，已经谁也离不开谁了。不幸的是两年前，为救一名落水儿童，她献出了自己宝贵的生命……"

男人黯然的表情从脸上闪过，他望着少女旻俊秀的面孔，说："见到您第一眼我就情不自禁了，我有预感，我铭心刻骨的爱中断了两年后就要有结果了。"

少女旻笑笑，说："其实我也注意到您了。我也说实话吧，您拦住我一点儿也不觉得奇怪。因为太巧了，您很像我以前的朋友小非。和您的小芳一样，如今他也不在人世了。"

男人脸上现出一丝惊喜："他也是为救人而献身了吗？"

"您想听听这个故事吗？"

"当然。您像我的前女友，我又像您的前男友。这么巧，现在我们在一起，不就是天作之合吗？"男人热切地伸出手来，要拥抱少女旻。

少女旻望着男人，笑道："您先别急，听我讲完故事不好吗？"

少女旻说："我以前的男友小非开始表现得很潇洒很善良。他追我，我答应处处看。有一天我们来到海边，也就是这儿吧，后来天晚了，他看四周无人，就按住我要强奸我——凡违背女方意愿的都叫强奸对吧？我不同意，我挣扎、反抗。后来情急之下，我摸到了一把刀子——是他的刀。我用刀子反抗他。巧的是，刀子刚好扎进了他的心脏，他挣扎了几下就死了，我像做了一场噩梦。等公安局调查后我才知道，小非是个成性的流氓，外表不俗，内心肮脏。他用谈情说爱作为幌子至少强奸了七八个少女。如果不反抗，我也成了牺牲品。我杀了他，是正当防卫，还受到了表彰。如果记忆力不错的话，你应该记得两年前的这件事儿。为这，我还戴了一回大红花呢！以后再碰到小非这样的人，我是决不会手软的。因为我有了丰富的经验……"

这时少女旻发现男人正讪讪地后退，男人退出五六步，转过身拼命跑了起来。少女旻开心地笑，笑出了眼泪。她哪里杀过人。到现在为止，她连一只鸡都不敢杀哪！

（载《微型小说选刊》1996 年第 15 期）

啃青

袁炳发

这是北方啃青的季节。

早晨天刚放亮，铁子就悄悄起来了。

铁子起来时，没有惊动自己的女人。铁子是知道心疼女人的男人，他想叫女人多睡一会儿。铁子蹲在灶边，把灶里的柴点着，把昨夜女人㸆熟的苞米，拣出几棒放在锅里余余热，然后，啃了四棒苞米。

吃完，拍拍肚子，饱了。铁子关上房门走了。

铁子搭同村麻叔的四轮车进城了。

铁子进城没啥大事。按铁子的想法，挂锄了，在家闲着也没事，不如到城里逛逛街景呢！

天晴晴朗朗。

铁子坐在车上哼着"一路上的好景色，没仔细琢磨……"。

四轮车开进这个城市的边缘，就停下再不敢向前行驶了。这个城市的马路，是禁止农用四轮车通行的。

铁子是换乘公共汽车进入这座城市的。

巨幅广告把铁子的脖子都看酸了，街上行走的美男倩女把铁子的眼睛都看呆了。

原来城市是这样迷人。

铁子走进一家商场。铁子在商场里给自己和媳妇各买了一条西裤。

当铁子要走出商场时，在商场的一个拐角处的柜台上，铁子发现了各式各样的乳罩。好多城市女人在那柜台前挑买乳罩。

铁子就突然有了给媳妇买乳罩的欲望，他也要让自己女人的胸部高挺起来。

铁子就走到柜前挑选乳罩，挑选得很仔细。

卖乳罩的是一个挺漂亮的女孩，见铁子这样仔细认真地挑选，就用很不善的眼神看铁子。

铁子看中了一个乳罩，还拿起乳罩在自己的胸前比了比。

卖乳罩的女孩那很不善的眼神就又浓重起来。

铁子付钱买了两个乳罩。

走时，那挺漂亮的女孩甩给铁子一句话："山炮！"

铁子听到那女孩的话，脸就红起来。

走出商场后的铁子，肚子咕咕地叫开了。铁子觉得自己该吃饭了。正寻思找一个地方吃饭时，铁子突然一眼见到了路边的烤苞米。

烤苞米摊前，城市里的男人、女人还有孩子，在一棒一棒啃苞米。

铁子听人说过：现在的城里人，特爱啃烤苞米。

于是，铁子也想装一回城里人，啃几棒烤苞米。如到别处吃饭，城里人嘴黑，弄不好再让人骂个山炮。

铁子这样想时，就走到烤苞米摊，啃起了烤苞米。

铁子啃了一棒又一棒，啃得比城里人还城里人。铁子一口气啃了四棒，大家都瞧他时，铁子付钱很得意地走了。

铁子想：这回像城里人了吧?

啃完烤苞米后，铁子又给媳妇买了点水果，就急着往回赶。

当赶到城市的边缘，麻叔的四轮车已在那等他很久了。

铁子坐上车，车就往回开了。

铁子和车上的人说："以往都是城里人到咱农村来啃青，今天我是农村人到城里啃了一回青，真他娘的有意思！"

接着，铁子就把自己装一回城里人，早晨在家吃了四棒烀苞米，午间在城里又啃了四棒烤苞米的事和车上的人说了一遍。

车上的人听后，就都大笑起来。

车开了一段路，铁子发现路边有一厕所。

铁子就喊："麻叔停车，我要上茅房！"

铁子从厕所出来后，对车上的人说："城里的烤苞米糊弄人，不熟。娘的，啃出痢疾来了！"

车上的人听后，又都大笑起来……

（载《微型小说选刊》1996 年第 17 期）

端州遗砚

郑洪杰

马回头村距县城 85 公里,偏僻闭塞,土地贫瘠,山丘荒秃。相传当年乾隆皇帝外出巡视,坐骑面对凄凄荒野,甩颈嘶鸣,不愿前行。马回头据此得名。

时至 20 世纪 90 年代,马回头村仍很贫困。

唯一令村民骄傲的是,德高望重的恒运老人藏有一名砚。因有名砚,村民才开了几回眼界:不少年来,一辆又一辆豪华轿车不顾一路颠簸驶进村里。来者多为县长、文化局局长和书法家,皆慕名前来赏砚。

一专家曾用掌心抚砚肌肤,又以笔杆轻轻叩之,后又持镜细观砚上圆点、花纹,最后方说,此砚是四大名砚之首端砚,出自肇庆西江注入羚羊峡汇合处,即烂柯山老坑。你看,其色青紫莹润,石眼黑黄重晕,乃最珍贵的鸲鹆眼。这种砚,石质滋润,易于发墨,不损毫毛,实为正品名砚哪!问其价,专家说不可估不可估,《明一统志》上就有"匠石识山之脉理,凿一窟,自然有圆石青紫色,琢为砚,可值千金"之说,何况时至今日,又何况这正宗之精品哪!

专家一席话,说得赏者目瞪口呆。掉转车头,悄悄复找老人,许以全家迁往县城,子女就业,或出万元购之。但恒运老人只略略一笑说,受用不起,受用不起。执意不肯出手。

三年前，又有车入村，是才上任的林县长。不同的是林县长没访恒运老人，却随乡长、村主任在村里村外查看个仔细。同来的几个科技人员，登山岗，勘地形，取土样，三天后方回县城。

恒运老人站在村口，目送一路黄尘远去的车，捻须在手，轻轻微笑。

如今三年已过，马回头村已是果木飘香，猪羊肥壮。恒运老人难抑胸中之喜，眉宇间却又锁三分心思。收获时节，一辆小车直奔老人家里，老人出迎，见是林县长，方喜出望外，双手打拱，说，我料你该来了。

林县长说，前次来，父老贫苦，日月难挨，作为一县之长，怎有心思赏玩？今日专程来访，不知老人家是否肯让我一饱眼福？

恒运老人乐呵呵取出名砚。但见那砚大如鱼盘，厚寸余，通体青紫，造化天成。林县长观罢惊呼一声，果然名不虚传，宝砚宝砚哪！

恒运老人便问县长，怎见得是宝砚？

林县长略一思忖说，砚质系水云母类黏土矿形成，因而细嫩柔和，磨之无声，是地道的端砚精品，通为历代的贡品哪！

恒运老人又问，你看这花纹怎样？

林县长谦谦一笑说，依我拙见，贵在花纹，这是砚中十几种花纹之最，叫鱼脑冻纹，可谓白如晴云，松似团絮，呼之欲动，触之欲起！

老人复又追问，这石眼如何？

林县长再三观摩后说，这石眼圆晕相重，黄黑相间，瞳子于内，是典型的活眼。

恒运老人听罢赞道，县长见地极是。还有，你看这图案雕琢细腻，两龙对舞虎虎生风，游云飘逸吹之欲散，更见古朴和价值。

林县长由衷赞道，正是正是，不知您老怎收藏了这等名砚极品？

恒运老人告之说，我先祖曾在端州为知州当差，故有缘得之。

林县长悟道，果有渊源。又是一席话后，林县长欲起身告辞。老人伸手一拦说，慢。遵先祖遗嘱，为官清正，造福一方，又精通砚器者，当赠之。今日这砚就赠与林县长了——这也是老夫心愿。言罢，双手托砚，请林县长纳之。

老人的一番话，听得县长双眸湿润，情起波澜。他动情道，算来，我也门出丹青世家，祖父、父亲均有造诣。我自幼受其熏陶，也识得点墨在胸，略知文房四宝。可惜这等好砚，只闻未见。今日见了，已是眼福，怎能再生奢望呢？再说，这等厚礼，我无功无劳，如何受得起？万万不可，万万不可！老人执意要送，林县长说，您老祖上既在端州知州为差，可听说包拯三掷砚的传说？

恒运老人说，当然知晓。庆历三年，包拯任端州知州，期满回京师时，没带走一砚。为表清正，还将朋友所赠之砚，尽掷于山沟中。

林县长说，想来，所掷也非寻常之砚吧。

恒运老人说，当然，皆是佳品。不瞒你说，此砚便是包拯所掷砚中之一。看这七颗石眼，列成勺形，正是相传七星北斗名砚！确为当年祖先目睹包拯掷砚，因惜其珍，才历经艰难潜返山中寻觅。可惜其余或粉或损，唯有此砚落入草莽，得以保全，重见其辉。

林县长闻听惊异，连声感慨说，历经九百余年，不料在这里看到传说中之古砚。老人家，这砚我更不能收了。您老就精心收藏，一为马回头村留一财富，二以砚为证为鉴，将佳话说于来访者，岂不更有其用吗?

老人再三欲赠,终见林县长言辞恳切,态度严肃,只好双手颤颤将砚收回放好。之后,两双手紧握良久,林县长才登车惜别。

回望渐渐远去的车子,恒运老人竟潸然落泪,由衷感叹说,清如水,明如镜,爱子民。前不见古人,后却有来者!这等好官,只盼多些,再多些!

（载《微型小说选刊》1996 年第 20 期）

1976 年 7 月 28 日

袁炳发

下班刚进家门，妻便一脸的怒气，对我说："你行呀，还背着我玩浪漫，搞了一个叫燕的唐山女人！"

我丈二和尚摸不着头脑，对妻笑笑，说："你真会表扬我，我哪有那胆量，和你恋爱时，还是你先'动手'的呢！"

妻却一本正经："别和我装糊涂，什么胆量不胆量，色胆可以包天！"

听妻这样说，我知道事出有因，便问："到底怎么了？"

妻就啪地甩给我一张纸条，我急忙展开，上面写：

亲爱的：

也许是情缘所致，你我在孤独难耐的旅途中相识。是你排遣我的寂寞，给了我无限的令我难忘的温馨。如果你要保持和我的联系，请按以下地址通信：河北省唐山市南开区四马路二号楼 1 单元 201 号。

爱你的燕

读完纸条，我气得想哭也想笑，便问妻："你是从哪个垃圾箱里捡来的？"

妻说："从垃圾箱里捡来的我就不问你了。最关键的是，这张纸条是在你的书里发现的。"

"书！什么书？！"

"台湾李某写的那本《外遇》。"

"这怎么会呢？"

"是呀，这怎么会呢？在我最真诚可爱的丈夫身上怎么会发生这种事情呢！但是，事情真真正正实实在在地发生了，这你又怎么和我解释呢？"

"我无法解释。"

少停，我又说："尽管我无法解释，但我敢对天发誓，我在外若搞女人，我不是人，是狗是鸡是鸭是牛是马是屎是尿是什么都不是的四不像！"

妻听后笑了，笑的表情挺冷酷，说："你是什么我不追究，但我要追出那个叫燕的唐山女人！"

我不语。

妻就又说："明天我就去唐山，按纸条上的地址，找那个叫燕的女人。"

我知道妻说的是气话，便不再理她。

第二天我去上班。中午下班时，见写字台上留有妻的一张纸条，告诉我她去唐山找那个叫燕的女人。

看后，我又急又气。女人呀，女人！转念又一想，妻此行也许是一件好事，她到了唐山若真能找到那个叫燕的女人，妻对我的怀疑不就云消雾散了吗！

然而，我怎么也没有想到，就在妻走后的第二天早晨，广播里的一条新闻竟使我听后险些晕倒：

今日凌晨 3 时 40 分，我国河北省冀东地区唐山发生了强烈地震。据我国地震台网测定，这次地震为 7.8 级，如同 400 枚广岛原子弹，在距地面 16 公里处的地壳中猛烈爆炸。

听完这条新闻，我周身上下直冒冷汗。我马上意识到我美丽可爱的妻子有可能遇难。因为按照路途的旅程计算，我妻子是发生地震的这天夜里到达唐山的。

我望着唐山的方位，默默地流下了一个男人轻易不流的泪。

当我带着很伤感的心情，去单位告假准备奔赴唐山时，我见我的同事小张那双红红的眼睛好像刚刚哭过。

我就问小张："你哭过？"

小张点头后就说："我深爱的一个女人，她居住的那座城市发生了地震。"

我忙问："她是不是叫燕？"

小张的精神一下高度集中："对！你……"

"她是不是给你写过一张纸条？"

"对！"

"妈的！纸条怎么会弄到我的书里？"我气愤地质问。

"哎呀！"小张一拍手，说，"我借过你的书。"

我一切的一切都明白了，我狠劲狠劲地揪住小张的前衣襟，吼道："你奶奶的孙子小张，还我妻子！"

……

妻子真的没有归来。经官方确切消息，我妻子是这次地震死亡人数 242769 人的遇难者之一。

妻子的遇难日期是：1976 年 7 月 28 日。

（载《微型小说选刊》1996 年第 20 期）

哭　灵

司玉笙

"试试去吧，不就是哭它几声吗？还能练练嗓子……在家闲着，谁给你一分？"

秀就去了——是坐小车去的。

到了现场，一下车，有人便给她披上孝衣，好像给她套上了戏服。秀的身上就起了鸡皮疙瘩。进了灵棚，两排白帽在腿边晃动——跪棚的孝子在有气无力地哭；黑白幛子在风中飘摇，摇出瘆人的微响……

眼前什么也没有了，只有一片白。秀真的想哭，喉咙紧抽了几下，一声凄厉从口里吊出——

"我那不该走的……啊……啊……"

这一声长哭，音润腔圆，带千般悲切，携万种哀情。那拖长了的"啊"字在人耳朵里蜇了几圈，便结了个硬茧儿，再不出来……

"就她哭得真……"

"那当然——她是咱县剧团的名角儿嘛……"

待封了土，秀得到一个封包，打开一验整二百。秀的眼里便跳出一点亮，从心底感激那个让她"试试"的邻居——这比唱一出戏来得快。

有了第一次，跟着就有了第二次、第三次……秀哭灵哭红了大半个县，都说她哭得有味儿。上门请她的多了，价钱也涨上去了，还得预约。秀闲不住，一天哭一场或两场，视对方的身份定价。都是车接车送的，出出进进甚为风光。

哭的次数多了，秀的"哭艺"也长进了，知道该在哪儿下劲儿。她进入角色很快，关节口上一披散头发，眼上抹拉些眼药水什么的，声带一张，带起一片哭号。主家如许下的酬金高，她会一跃跳进墓坑里，两手扑棺，哭得天塌地陷，满身是土，一脸泪花，把个现场气氛推向高潮。

接了主家的钱，秀也不点，随便往口袋里一塞，脱下孝衣掖进蛇皮袋里——这里的风俗是谁穿的孝衣谁带走——上了车，掏出梳子粉盒，梳理打扮，一会儿工夫就变成另一个人，还是那般漂亮。

那个春天的夜晚，秀整理房间，将孝衣一件件拿起，拆成布料，码齐，一查，三百多件，心里咯噔一下，就觉得有什么东西一点一点从骨子里滴落下来，融进这堆白布里。是什么呢？秀怎么找也找不着……她怔着，就感到害怕。这一夜她做了许多噩梦。

没几天，剧团派人请她回去，说："这一年多你'走穴'走得差不多了，还是归队吧，下乡演好戏去……"

秀正想回去，便应了。

只上了几天班，秀蔫蔫地找到头儿，还没开口，泪就出来了。

头儿问："又怎么啦——谁欺负你了咋的？"

秀摇摇头。

"好好排练，任务紧呢……"

秀绷紧的嘴唇乱颤，颤了十几秒钟，颤出一声哭腔——

"我什么也练不成了，只会哭……"

外面刚走过一队送葬的。

（载《微型小说选刊》1996 年第 24 期）

状态一种

闫耀明

中年老师刘哲一定没有想到他会成为我们这篇小说的主人公。

此时我们的主人公正加入走进故宫博物院的人流。这是他难得的休息日之一。说难得，是因为他的休息日几乎被各种各样的补习班和提高班给占用了。还有，他的妻子和女儿需要他的关心和照顾，作为一个男人，尽丈夫和父亲的责任是他用任何借口都推脱不掉的事情。今天稍稍有点特殊情况，他的妻子和女儿到他的岳父岳母那里已经一个星期了，今天回来。于是他推掉了白天的全部补课任务，要到车站去迎接她们母女俩。由于时间还早，他就走进了故宫。

刘哲走进故宫并没有做仔细参观的准备，他只是想转一转。他想到自己已经很长时间没有来过故宫了，应该进去转转。在故宫大门口，他这样一想就毫不犹豫地买了进门的门票。

故宫里展出的属于若干年前的物品很多，而且皇帝用过的物品本身就对平凡百姓有一种无法忽视的吸引力。人们总是对自己没有见过的东西感兴趣，更何况这些东西是皇帝用过的呢？皇帝可不是个普通人哪。

不知不觉中刘哲就转到了一个很吸引人的地方。他看到人们正站着队静静地等着，前面，是一个模拟皇帝当年上朝的地方，金光闪闪的龙椅和巨大的背景制作得十分精细逼真。人们正一个接一个地将一套皇帝穿的龙袍穿在自己的身上，然后坐到那把象征权力与威严的龙椅上，照一张相，以此留下个纪念，也体验一次做皇帝的滋味。

刘哲突然想到自己也应该在这里照一张相。照一张相嘛，人之常情。他看看表，就在队伍的后面站了下来。

等待照相的人不少，队伍很长。但照相的速度也很快，一人接一人地上，照相机上的闪光灯过一会儿就闪一下，让等待的人们看到了希望。

刘哲看着上去照相的人，心里想，想做一次皇帝的人还真不少，其实不就是一件衣裳嘛，穿了脱，脱了穿，说到底，还不是一件赝品？真正的皇帝穿过的龙袍是只能看不能穿的。

嗜，人哪！他的心里发出了一声感叹。

很快就轮到了刘哲。他想脱去身上的西装，工作人员却制止了他，并帮助他迅速把龙袍穿在身上。刘哲这才注意到这件用于照相的龙袍很肥大，穿上身时是不用脱去自己的外衣的。

龙袍上了身，刘哲就感到自己似乎在一瞬间就变得威风凛凛神圣不可侵犯了。龙袍的威严使人也变得不同往常了，精神也为之一振。龙袍毕竟是龙袍，有别于普通的服装。

从铺着红地毯的台阶向龙椅上一步步迈去的时候，刘哲故意走得很慢。他感到自己正在走进一种全新的状态，仿佛自己的身后有一群俯首叩头的臣子正在三呼万岁，仿佛自己真成为至高无上的皇帝了。

坐在龙椅上，他平静地看了看下面排着队等待照相的人们，深深地吸了一口气。照相的小伙子说了些什么他没有听清，他觉得自己的脸从未有过地严肃，下颔微微扬起，以前照相时自然而然流露出来的微笑此时却怎么也找不到了，一种做了皇帝的感觉正笼罩着他，支配着他。

闪光灯匆匆闪过，使教英语的中年教师刘哲完成了一个过程。

从龙袍里钻出来，刘哲恢复了常态。他抖了抖身上的西装，看了看腕上的表。看了表他就迈腿向外面匆匆地走。时间不多了，去晚了，就赶不上妻子和女儿坐的那趟车进站了。他想。

（载《微型小说选刊》1997 年第 2 期）

傻孩子

尹全生

大学生物系毕业时他是雄心勃勃的，立志用十年时间，完成一项震惊世界的生物工程研究，在人类发展史上树起一座里程碑！研究思路已经明确，成功只是时间问题。到那时候，食物将不再来自农田，而会像水泥一样，成袋成袋地从工厂输送出来，人类将永远摆脱饥饿的威胁……

他怀着一种神圣的使命感和胸有成竹的自信走上了工作岗位，夜以继日地开始了他造福全人类的研究。如此五年，就在障碍一个接一个地被智慧扫除，理想的船帆就要露出成功的地平线的时候，一阵仙风把他送进了该科研单位的领导班子，他开始从事行政管理。这以后，上班是开会、听汇报、批阅文件，下班是数不清的应酬……他不适应、不习惯，为研究的中断、精力时间的荒废而苦恼。可转念一想：这是上级的信任器重，是工作的需要啊，多少人求还求不到呢！他也就委曲求全了。

渐渐地，他感到了当领导的优越——出门有车坐，进去低人三分，出来高人一头；开会台上有位，讲话有人鼓掌，瞪眼有人缩脖；本来地位相当的人，如今见了面都自然弓腰屈膝；本来要价很高、高傲得像个公主的女友，如今温顺得像只羊羔，恳求早日结婚；过去为晋升职称、调整住房，曾迫不得已地给领导送礼，而如今，他必须迫不得已地接受下级的送礼……日子久了，早先的雄心壮志就不知不觉地被融化了，融进一种莫名其妙的满足里去了。如同猫有了鱼吃就不想再捉老鼠那样。他就一心一意地听汇报，听完了说"可以"；一目十行地看文件，看完了批示"同意"；一有工夫就召集或参加会议，同一帮想说而不想干的人在一起发表议论；下班之后，或硬着头皮接受下级各有目的的拜访、同级的走访，或迫不得已地去走访同级、拜访上级……根本没时间、精力旁顾其他了。其他属于不务正业。再后来，流行"知识化""专业化"，他一转眼又被提拔到市政府当局长了。坐在局长的位置上，偶尔当所谓的研究课题、雄心壮志在脑海里一闪，他就暗自笑道：早年也真是幼稚！

一晃三十多年过去了，他退休了。

人是这样一种动物：到了快没牙的时候才开始咀嚼人生的滋味，到了头发变白的时候才能够辨别颜色的黑白，到了人生的尽头才知道回首看看几十年自己的脚印。他也不例外。到了退休之后，他才开始认认真真地审视往昔——我一生都做了些什么？值得夸耀的、值得一提的、实实在在的事情到底有哪些？建筑师有设计的建筑在，运动员有获得的奖牌在，工人有制造的产品在……那或多或少都属于生命的固化。而属于自己的什么都没有！难道我一生的价值等于零？白白在人世上混了几十年？生命的价值应以何种形式作何种转化才能进入永恒？"里程碑"可谓永恒，而我本应该树起的"里程碑"呢？

他又捡起了早年的研究课题。然而，学业早已荒废，同时也力不从心了……

懊丧和悔恨像一洼冰冷的带苦味的水，整日浸泡着他的心。这洼水的上面，常常浮起一片枯黄的叶子，漂啊漂的——那片叶子是一个人人都会讲的故事：一个孩子拿碗去打酱油，两毛钱的酱油装满了碗，提子里还剩一些。为得到多出的那点酱油，那孩子把碗翻过来，用碗底装回了多出的酱油。回到家妈妈责问他：两毛钱怎么才打这么点儿酱油？孩子十分得意地又把碗翻过来，说：碗里面还有呢！

他硬是觉得自己就是那个傻孩子，一生的价值也就是那两毛钱，到头来什么也没买到，唯有肉体的空碗……

（载《微型小说选刊》1997 年第 2 期）

命运敲门声

何葆国

<hr />

1

房门上响起持久、顽固的声音，看来我要是不开门，它就是三天三夜也不肯停下来。

我只好搁下手中的笔，走过去把门打开，心情一下子变得很坏。又是他！一个叫作简进的狂热级文学青年。

都怪一个亲戚多事，把他介绍给我，这些天来他几乎天天上门，要我指点他那狗屁不通的文章。昨天我不得不硬着头皮对他一篇所谓呕心沥血的新作提了几点意见。

"邹老师，我遵照您的意见修改好了，"简进谦恭得有些畏葸地双手呈上一沓稿纸，"请邹老师……"

我想发火，但最终还是克制了。从他手上拿过稿子，我淡淡地说："我帮你推荐出去，你就在家等着发表吧。"

"谢谢，"简进接连点头哈腰，"太谢谢了，邹老师，太谢谢了……"

简进走后，我再也没有心情继续写作，心想，这家伙想发表想疯了，天天上门骚扰，这可如何是好！我忽然想到去年有篇旧稿，自己不太满意，一直没有寄出去，干脆……我找出旧稿，署上简进的名字和他的地址，给一家熟悉的报纸寄去。

大概半个月后，简进来了，看样子他激动得面孔都有些变形了，手颤抖了许久才从口袋里掏出一张报纸。我一看，正是我署上他名字的那篇稿子。

"邹老师，您帮我修改的文章，终于，终于发表了……"他的声音激动得哆嗦。

"很好嘛，这是第一步，希望你埋头苦干，不要荒废了时间。"我煞有介事地教导他。

"是，是，是。"

从此，我很长一段时间没有看到他，也许他上门找过我，但我不在，总之我渐渐把他忘了。大概是四年之后，我有一天到那个亲戚家闲坐。他忽然问我："你还记得简进吗？"我摇头。他说："就是那个我介绍去找你的文学青年啊。"我一下就明白了。他叹道："一个好好的人迷恋什么写作，现在疯了，我们活活把他害了！"原来，简进在发表"处女作"的巨大精神动力之下，没日没夜地写，最后连班也不上了，被单位除名，但他仍旧一个劲儿地写……可是再也没有发表一个字，他就疯了……

我听得胆战心惊，忽然觉得自己是罪魁祸首。

2

房门上响起持久、顽固的声音，看来我要是不开门，它就是三天三夜也不肯停下来。

我只好搁下手中的笔，走过去把门打开，心情一下子变得很坏。

又是他！一个叫作简进的狂热级文学青年。

都怪一个亲戚多事，把他介绍给我，这些天来他天天上门，要我指点他那狗屁不通的文章。昨天我不得不硬着头皮对他一篇所谓呕心沥血的新作提了几点意见。

"邹老师，我遵照您的意见修改……"简进谦恭地说。

"行了，我不用再看了，"不知怎的，我忽然克制不住自己，粗暴地打断他说，"你根本不是搞文学的料，修改一百遍也没有用！"

简进一脸窘迫。

"我劝你别白费劲了，把时间和精力拿去搞点别的东西，现在改革开放，干什么不行，偏偏要在文学树上吊死……"

我正口若悬河，忽然发现简进不见了。不知他什么时候偷偷跑了，他一定受不了我的尖刻——管他呢，我继续写我的。

大概是四年之后，我有一天上街取汇款。忽然一辆轿车嘎地在我身边停住，我吓了一跳。车窗里探出一张熟悉而又陌生的面孔："邹老师，你忘记我啦？"原来是简进！他下了车，热烈地握住我的双手："邹老师，你真是我的再生父母啊，我真不知如何报答你！"我蒙头蒙脑的。"我当初痴迷文学，是你的一番话让我迷途知返啊，我真不知如何感激你！"

原来，简进被我批了一通之后，丢掉文学转头扑通跳"海"，现在有了公司有了车，连别墅也有了。不久，简进诚心诚意拿了数万元，帮我出了一套文集。我以恩人自居，但心里不免酸溜溜的。

3

房门上响起持久、顽固的声音，看来我要是不开门，它就是三天三夜也不肯停下来。

会不会是他？好吧，我就是不开门，看你的耐性有多好！

大概十五分钟之后，敲门声渐渐弱下去，像一朵云飘散了……

（载《微型小说选刊》1997 年第 6 期）

死亡体验

芦芙荭

河湾很静。

女人像一只猫一般依偎在男人的怀里，睁着那双秋水盈盈的眸子，一往情深地望着男人那轮廓分明的脸。男人笑了笑，低下头在女人那炽热的唇上吻了一下，目光随即游移开去，落在了他们身下巨石前的那个深水潭上。水潭很深。昏暗而幽蓝的潭水在黄昏的阳光下，泛起一股股令人毛骨悚然的寒意。潭中不时传来鱼的唼喋声。

男人说："你真的不怕吗？"

女人说："只要和你在一块，我什么都不怕。"

男人回过头望着姣美动人的女人很是感激地笑了笑。

这时，远处传来了一声狗叫。男人听到狗叫声，心里一咯噔。女人的心也一咯噔。男人和女人的思绪一下子都沉浸在了以往的许多个夜晚里。村子里家家户户都养了狗，那些个夜晚，夜夜都有狗叫声。

男人和女人不约而同地将目光沿着狗叫声从白亮亮的河滩上划过去。河滩的对面就是村庄。地里的庄稼已经收割完毕，田野显得空旷而辽远。村头那幢三层的小洋楼在收了秋的田野里更是显得引人注目。那是二水的花炮厂。

男人和女人都是花炮厂的工人。就在两个多小时之前，他们还在那小洋楼里走进走出，一边干活，一边和其他工人有说有笑的。虽然许多天之前，男人和女人就已做出决定，选择了沉河而死这条路，但那时，他们仍然表现出一副泰然自若的样子。各方面的压力已把他们逼上了这条绝路。因此，他们早已将沉河而死看得和游泳一般轻松自如。他们已不图别的什么了，只求能死在一块就行了。

狗依旧在叫着。那叫声走过白亮亮的河滩，走过宽宽的水面，变得动人而可爱了。

此时，男人和女人已吃完了他们准备的最后一顿晚餐。他们脱光了衣服，沐浴着凉爽宜人的河风，像动物一般在无遮无拦的巨石上，从容过细而又放荡地做了一次爱后，双方都换上了干净而漂亮的衣服。女人总是那样，面对死亡也要把自己打扮得极尽漂亮。她拿着一片小圆镜仿佛要做新娘似的，一次次为自己擦胭脂抹粉画眉描口红，又一次次擦去。直到男人满意才罢休。男人呢，自始至终都显得从容不迫。他搬来一块很大的石条，用事先准备好了的绳子五花大绑地捆了个扎实。他要到最后一刻，再将这块石条拴在两个人的身上。

做完这一切，已暮色四合了。他们又走向了一块，相依相偎相拥着，如胶似漆地吻着。之后，他们转过头深情地望了村庄一眼。又望一眼。二水的花炮厂灯火辉煌。那里的工人们也许正一边干活，一边像以往一样在说笑呢。女人突然想起了过去的日子。女人想起过去的日子禁不住一串泪水夺眶而出。

男人正在把那拴着大石条的绳索像戴大红花似的往两个人身上套，一滴泪水掉在了他的手背上。

又是一滴。

男人说："如果你后悔，还来得及。"

女人凄惶地望着男人说："那边不知道有狗没有？"

男人说："不知道。"

女人说："以后咱真的啥也不怕了，可以长相厮守、长久相爱吗？"

男人说："或许是吧。"

于是，男人和女人紧紧抱在了一起，合力拖着那块石条，如同走向洞房似的向深潭挪去。

轰隆一声，从村庄传来了一声炸响。走近巨石边缘的男人和女人受这一惊，僵直地站住了。

他们回过头去。村子的上空腾起一股黑烟。二水那方才还灯火辉煌的小洋楼，此时已成了一片火海。

"二水家的花炮厂爆炸了！"有人喊。

随着这一声喊，村子里许多人纷纷朝二水家里赶去。一些人冲进了火中，开始在残垣断壁之中寻找被炸的人。当一具具尸体被冲进去的人们七手八脚地从火海中抬出来时，一道可怕的阴影一下子罩在了女人的头上。她没有想到，他们为了死而绞尽脑汁，却还活着。而那些快乐地活着，并想永远活下去的人，却遭了不测风云。男人的身体也在微微地抖动着。他突然感到，死是那样可怕。不知什么时候，他已解掉了套在身上的那拴着石条的绳索。

男人问："怕吗？"

女人说："不怕。"女人嘴上虽然这么说，整个身体却像筛糠一般抖动着。她那细嫩的手掌有点冰人。男人和女人不知为什么突然产生了要活下去的念头。

男人说："咱回吧。"

女人说："回吧。"

于是，男人和女人沿着他们走来的路向村里走去。

（载《微型小说选刊》1997 年第 6 期）

蜡　烛

墨　白

"谁呀？"老人颤巍巍地从凳子上站起来，打开门，一股寒风夹杂着雪花迎面扑来，接着，他看到门口立着一个中年人。老人说："中勤，是你。"

"我来给您送碗饺子。"

"咦——真是。"老人把中勤让进屋来，指着墙下的案板说，"你看你看，送了十来碗了，咋吃？"案板上果真摆着十多碗饺子。中勤说："过年哩，都兴。"

"年年这样，叫我咋还情哩？"

"看您说啥哩？您怎大年岁了，谁家的活没做过？"中勤接过老人递过来的手巾说，"您歇着吧，我走了，明儿个一早来给您拜年。""拜啥年，不兴了。"

"说说话总中吧？您别出来了。"中勤站在门口说，"谁来给您贴的对联？"

"几个小学生，一早就来了。你看，还有墙上贴的画。送的都贴不了，我叫几个老师拿走了。"

"应该应该。"中勤说，"几百个学生呢，一年到头找您的麻烦，喝茶哩，修桌凳哩。"

"回屋去吧，天冷。"中勤说完就嚓嚓地走进雪地里。老人腰弯弯地立着，看着中勤渐渐地走过操场，最后消失在大门外边。

老人猛地想起了什么，一只手拍在苍老的额头上，自言自语地说："看看这记性！咋就忘了中勤的锅盖哩？唉！"老人关上了门，走到床头在一堆木板里抽出几块桐木板来，在柔和的电灯光下反反复复地看几次，说："就这几块吧？就这几块。"他抱着木板来到长长的工作凳上，坐下来，开始刨板子。刨了两下，刨子太饿，就用斧头退退，又接着刨。刨子吃进木板，咪咪的声音很平和。这种在许多年前他就熟悉的声音如同河道里的流水在他的感觉里经久不息，即使在夜间他躺在床上时那声音也会在他的耳边响起。在那声音里一块块木板变得光滑，一卷卷粗糙的刨花从他手中的刨子里退出来，仿佛漫长的时光把他的脸耕出一道道深深的皱纹。

远处传来的鞭炮声把他催醒，他手中的刨子又开始走动了。他在似醒非醒的状态里最终完成了那件圆形的锅盖。在这时，他头顶上的电灯灭了。他摸摸索索地点亮一支蜡烛。他在跳跃的烛光里思索了一会儿，自言自语地说："送去吧。"而后，他掂起锅盖往外走。

雪在老人的面前呈现出一种壮丽的景象。美丽的雪那个时候已经厚厚地覆盖住了昔日喧闹的校园。没有风，雪悄无声息地飘落，这使他产生了一种孤独感。他静静地立在那里，他看到一头猪从他的面前大摇大摆地走过，那头猪的嘴上沾满了酒糟。老人朝猪吆喝一声，说："看看，到底拱进去了不是？"老人放下锅盖，顺着教室朝西走去，最后在二（1）班教室的门前停住了，教室的门框已经被猪拱断了，门也半歪着。老人又说："不叫放吧，偏放，看看，这些酒糟！"老人伸头看看，教室里灰黑一团。他站在那里思索了一会儿，又往回走。他回到屋里一手提着工具箱，一手掌着蜡烛又重新回到门边。在烛光里，他看到在教室的西边有一溜厚厚的积雪，但他没有弄明白这不同别处的积雪从何处而来，他也没有看到那一根被积雪砸断的电线。

在他修复那扇门的过程中，他只听到有除夕的鞭炮声远远近近地一片繁响。然后，他立在屋檐下，一手掌着蜡烛，面无表情地望着那扇恢复了原样的门。就在这时，他听到一种声音从天而降。起初他误认为那是学生跑操的脚步声，那种整齐的脚步声时常把他从梦中惊醒。当有雪砸在他头上的那一瞬间，他才明白那是积雪的滑动声。可是他没有看到那支蜡烛的火苗在风中挣扎好久才熄灭，有一股淡淡的白色烟丝在飘荡的雪花里轻摇直上，最后被寒冷吞噬了。

大年初一，起早给老人拜年的人没有看到老人，他们都以为老人被谁家老早地请去了。太阳出来的时候，一群孩子来到了学校里，他们一进校门就看到了二年级那排房子上的积雪滑落了，在房檐下堆起了高高的一长溜。房顶上秋天里才苫上去的麦秸闪闪地映着太阳的光辉。

（载《微型小说选刊》1997 年第 12 期）

泥鳅巷轶事

欧湘林

泥鳅巷的吴老爹早年丧母、中年丧妻，人生的三大不幸他就碰上了"二大"。街坊上都认为，吴老爹虽未碰上"晚年丧子"这最后一个不幸，但亡妻给他留下了未成年的两儿一女，要把这两儿一女抚养成人，也够叫他受的了。

莫看吴老爹是个收破烂的，就是他那个破烂担收来了儿女们的温饱，收来了儿女们从小学到中学到大学的毕业证书。羡慕得满街的人都夸吴老爹好福气，也嫉妒得好些人眼红红的。

儿女们成材了，一个个都安了新家，都争着把含辛茹苦的爹爹接到自己身边去享清福。可吴老爹受不了，他消受不了那份清闲，他舍不得他的破烂担，在每个儿女那里住上几天后又回到自己的小屋里，有滋有味地打发着他自由自在的日子。

吴老爹在小屋里一住就是 10 年，这时的吴老爹已是 70 岁高龄的老翁了，但身子骨还硬朗。

凡是到过吴老爹家里的人，都会惊奇地发现，吴老爹家里几乎拽不出一件东西不是"处理"的，不管是锅盆碗盏，还是桌椅床柜，或者衣帽鞋被，甚至连吃的好多也是处理品。

也难怪，吴老爹用很少的钱收来的那些被人家"处理"了的破烂中，就有能用的，还能用的东西他怎么舍得当废品卖给收购站？就是那些家里已经有了的东西，如果收回的破烂中又有了，他就处理给小家小户，也能赚上几个钱补贴家用。收来的衣服，只要不是太破。他就会洗净补一补自己穿，好一点的请人改了给孩子们穿……他就是这样精打细算才把四口之家维持下来。连买米买小菜也多是买的便宜货，说穿了还是买的处理品。

儿女们走上工作岗位后，吴老爹肩上的担子轻多了，银行里也有了个本本。但偶尔添件把衣服他还是去商店买处理布，穿的鞋也是商店"大放血"时买的。儿女们成家后日子都过得不错，结婚时用的黑白电视换了大彩电，大儿子就把黑白的处理了。不是卖旧货给了别人，而是给老爹搬来了。吴老爹看着电视就像过着神仙日子，他的知识面也宽了，以前人家笑话他满屋子的处理品他没话答，而今如果有人笑话他就有话了："处理品又怎么啦？你没看过动物世界？老虎吃剩的野牛，老鹰又来啄，老鹰飞走后蚂蚁又来啃。老鹰吃老虎处理下来的不是活得很好吗？蚂蚁啃老鹰处理下来的骨头，不也活得很好吗？这叫什么来着……哦，对了，赵忠祥说，这叫食物链！你懂吗？"

嘿！就这么几句话还真叫笑话他的人搔着后脑勺一时无话可说呢！

就在吴老爹77岁生日的那一天，他因为高兴多喝了一杯酒，出门时不小心摔了一跤，第8天就不行了。可谁会相信呢？临终时他对儿女们说："去……打听打听……看哪里有、有没有……处理的骨、骨灰盒……"

"爹——！"儿女们大哭起来，他们怎么也没想到和处理品打了一辈子交道的爹爹，最后会把自己也给"处理"掉……

（载《微型小说选刊》1997年第13期）

修伞记

欧湘林

　　吴胖子去修伞，修伞的老汉说，伞骨撑坏了一根要换下来，他手边没有，这伞还得拿回家里去修，如果他信得过他，明天中午来取。吴胖子笑笑说，师傅您说哪儿去了，不就一把破伞吗？还能不相信您！好吧，明天中午我来取伞。不过，您能不能告诉我修伞费是多少？吴胖子这一问，老汉像受了委屈似的说，放心，一把新伞也不过 10 多元，换根骨撑收你 1 元钱不算宰人吧？

　　行，行，吴胖子知道是自己多心了，就赶忙说，我给您 2 元，给 2 元……

　　说来也巧，吴胖子刚回到家里，老伴就对他说，那伞别修了，刚才晶儿拿回来一把折叠伞，是他们科里节余的办公费买的，一人一把，比你那不能折叠的好多了。晶儿说他有雨衣，这伞给你用。吴胖子说，伞已经给了修伞老汉，为 2 元钱修理费还拿回来？老伴就说，你不要了还不行吗？吴胖子一想也是，那老汉人老实，伞就送给他算了，说不定他修好了还能卖几个钱。

　　吴胖子有了新伞，从此也就不再想那把旧伞的事了。

　　几天后，吴胖子乘公共汽车去看一位朋友，途中没想到从窗口无意中看到了那个修伞的摊子，老汉的摊上挂着一把伞，他认得是他的，想必是已经修好了等他去取。他一愣，觉得自己做错了一件事。那伞要还是不要，也得给人家说一声呀！怎能叫人家老等呢？

晚上，吴胖子把看到伞的事告诉了老伴，说是明天还是把伞取回来，也好让修伞老汉心里踏实些。老伴听了就笑他呆，说是如今的人谁不想占点便宜，他的伞才修了几天，人家以为他忙没空去取，所以就挂了那伞等他。如果时间长了还不去取，人家就晓得他不要了。他不要了，人家还能把他怎么样？

吴胖子觉得老伴说的是这么个理儿，一把老式旧伞，我不要了他还能登广告寻我吗？

几个月后的一天，吴胖子和老伴带孙子去公园，谁知路过青年路口时，吴胖子大吃一惊！他看到路口左侧的人行道上，靠墙边倒挂着一把张开了的伞，是他几个月前送到老汉那里去修的。此时，修伞老汉正聚精会神地在那里忙活。他心里一热，这才晓得老汉每天都在等他，就拉住老伴很激动地将那把伞指给她看，老伴一见那熟悉的青布伞，也感慨起来，说如今这样的人不多了，要老头子去把伞取来算了。可吴胖子不肯去，说不好意思，他老伴二话没说就去了。

当老伴把伞取来后，吴胖子问她老汉没说什么吧。老伴告诉她，老汉问了她好些话，证实了她是吴胖子的老伴后，才问她为什么吴胖子不自己来取伞。她说老头子有了新伞就不想要旧伞了，是她舍不得才来取的。老汉听了点点头说，是呀，居家过日子嘛，还是手里紧一点好，你们家的这把伞还能用上一阵子呢。当她付给老汉2元钱时，老汉却说，就1元钱，你那老头子可怜我，要多给我1元钱，我哪能收呢！

啊！听老伴说到这里，吴胖子情不自禁地又朝老汉看了一眼，口里喃喃地说，真是好人哪……

（载《微型小说选刊》1997年第14期）

升官第二日

吕啸天

秋夜已深，明天要上早班的人按惯例已钻进被窝。

易丰在床上翻了一下身，"唉！"长叹了一声。今夜在床上，他已连续重复了五次这个连贯动作。这反常的动作，终于激怒了老婆："你吃错药了？一个晚上翻来覆去不睡觉？"

"我被提升为办公室主任了，任命是下班前公布的！"易丰说。"嗯！"老婆口里应了一声，心里却骂了一句：升个芝麻官就激动得睡不着？！

易丰知道，老婆是个心高气傲的女人，总梦想从一个平头老百姓一下被提升为县长！这怎么可能？

科室一共8个人，除了正副科长和办公室原主任外，另5人包括易丰都是同时从大学毕业分配去的。经过两年奋斗，他脱颖而出，成了最先获得提升的科员。他有理由为自己的进步感到骄傲。

老婆说："我困了，睡吧！"易丰说："我心里很烦！"

老婆闻言一下睁大了眼睛，她以为易丰是因为激动睡不着的，便问："为什么？"

易丰调进单位时，办公室没有专职的清洁工，科长决定由科员轮流值班。几个哥们在大学时懒散惯了，清洁卫生工作干得很不彻底，地上经常有烟头，茶杯的茶渍也越积越厚。偏偏易丰是很爱干净的人。为了弥补这个缺憾，他争取提前十分钟到办公室搞卫生，科长见了很满意，就夸奖说："不错！"不知是说他卫生搞得不错，还是自觉精神可嘉。慢慢地，办公室的卫生工作就落到了易丰的头上。

几个哥们可能出于"酸葡萄"心理，不但不感激易丰，还变本加厉搞脏办公室，美其名曰："为学雷锋的创造条件！"

干了数月，易丰泄气了，决定不干了。碰巧这日早上，局长从办公室经过，见状就很高兴地说："很好！"接着又意味深长地说，"不要虎头蛇尾啊！"易丰掂量了局长的话，心想不干怕不妥，便咬着牙到了现在。

"明天上班还搞不搞卫生呢？"易丰在问自己，也在问老婆。

老婆说："搞又怎样，不搞又怎样？"

"唉！"易丰长叹说，"搞吧。我现在大小算个头头。这点小事再亲力亲为，人家会怎么说？局长曾经不止一次说过：成大事者不拘小节！如果这事我仍干，就显得太没能耐了！"

老婆说："那就不干吧！"

"不干？那几个哥们肯定会不满，会说我升了个芝麻粒大的官就摆架子，今后的工作更难开展！"

"这么说。这事倒成了个难题！"老婆说，"活人能给尿憋死？明天找个理由不去上班！"

"提升的第二日不去上班，怎么行？再说，新老交替，还有很多工作要交接！"

老婆打了个呵欠说："我困了，要睡觉了。你自己想办法吧！"

下半夜，易丰仍没理出个头绪。人像烙饼一样在床上辗转反侧。迷糊中有些尿急，便起身去卫生间。不料，地砖有些许水渍。一个打滑，他重重摔了下去，右手手臂碰到门框，擦破了一层皮，有血渗出……他急忙回到卧室，找出一段纱布来包扎。看到纱布，他突然眼睛一亮。

第二天早上，易丰右手臂绑起了一层绷带，用一条带子吊在脖子上。像个伤员。老婆惊问何故。

易丰苦笑："昨晚摔伤了，无甚大碍！"老婆瞧出了端倪，并不点破，望着他出门的背影，暗叹："可怜！"

进了办公室，见到易丰"受伤"，众人都吃了一惊。科长询问了伤势，问要不要休息几日，易丰连说没大碍。接着对几个哥们说："卫生的事先劳烦你们几位。"有两人起身，把要清洁的茶杯丢进桶中，弄得很响。出了门，一个说："昨日升官，今日受伤，真是塞翁失马！"另一个却意味深长地说："世上有些事就是巧！"

易丰感到室内的空气有些沉闷，便起身去开窗户。一阵秋风吹过，窗前的槐树沙沙作响，那黄了一半的叶子不断飘落到地上……

（载《微型小说选刊》1997 年第 16 期）

痴　圣

王孝谦

　　小街临河，聚居十余户人家。石板路坑坑洼洼，又无街灯，夜黑中常有不知深浅的路人发出一阵阵惊叫。

　　十余户人家共用一间厕所。

　　厕所不大，蹲位男七女三，也无尿槽，男女间一矮墙相隔，墙体斑驳，石灰皮一块块掉了。上为疏瓦，通风透光性极强，故臭味不浓。女人们在厕所里蹲着拉家常，一二知心友邻排排心里话，便觉畅快。厕所便成了小街龙门阵的发源地。男人这边要安静得多。男人出入快捷，龙门阵大多溜到离厕所七八米远的肖家茶馆里去摆。

　　肖家茶馆在小街是老字号，三代单传都开茶馆。当今老板肖德善，膝下两女一儿。小儿两眼翻白鼻梁挤拢，形象痴呆，唤名"痴三"。痴三说痴又不痴，有时反应还极为敏捷。只是鼻涕如冰瀑倒挂，悬而不绝，无师愿授，便成天闲逛。

　　痴三蹲入厕所双手抱头便似瞌睡状，一蹲数十分钟，不作任何声响，仿佛在练神功。一日痴三迷糊中忽听矮墙那边有"嘻嘻"笑声，一妇人问："涨红（洪）水哪？"另一妇答："嗯！这次还来得凶猛哒。"

　　痴三一激灵冲将出来沿街直嚷："涨水了，涨水了，街上要淹脚背了……"众人一惊，望望这几日奇热的太阳天，皆朗笑。痴三下河岸一看，河水依然静悄悄，摸着脑壳爬上岸来变得更痴了。老茶客三爷将茶碗往桌上一跩，捋须而笑："痴三真乃痴儿也！"三爷是小街的头号长者，三爷是喝了点墨水的三爷。是时农历四月初八，历来此时没涨过水。

入夜，大雨倾盆。次日河水涨至街沿，广播说是太阳核子超常规爆炸，造成异常天气。

三爷一声长叹："真被痴三言中，怪了！"一街人都说痴三有特异功能，能预知天象。

一日痴三又蹲厕中，忽听隔壁有蚊蝇般声音，一妇说："你看出来没有，张家男的与陈家女的搞上了……"另一妇回："是觉得有些不对头，两个骚货，啧啧……"

痴三眨眨眼，慌忙收拾停当，三窜两窜跑去找张家女的和陈家男的如是说。张家女的怒目圆睁："好个痴三，你挑拨离间……"话音未落，"啪"地给了痴三一耳光。陈家男的尴尬笑笑："痴儿说梦！扯淡！"肖德善跑过去扭痴三耳朵往家拉，边拖边骂，气得直跺脚。

夜深人静时，张家和陈家传出摔碎东西的声音和哭闹声。

过两日，张家两口、陈家两口都先后离了婚。又过几日，张家男的与陈家女的果真搞在了一起。

茶客三爷说："痴三乃一介天才！"

一街的人都悄悄地接近痴三。私下拉痴三入室问些隐秘事，还拿出香蕉苹果待之。于是痴三说李家两口要离婚，不久当真也就离了婚，痴三说王家两口儿不会吵架了关系会好的果然就好起来……

茶客三爷逢人便说："痴三乃痴圣也！圣者痴之至绝妙境界也！"肖德善也眯眯眼露出一丝笑。

几位妇人齐声问："痴三圣，你看三爷能活好多岁？"

痴三冲口而出："百零单八岁……"肖家茶馆曾有江湖说书人讲过水浒人物百零单八将，痴三对梁山英雄那是敬佩得很。

茶客三爷捋须长笑。三爷今年七十有三，还要活从解放到现在这么多年。

翌日晨，小街骚动，小街头号长者茶客三爷因兴奋过度死于突发性心脏病。

众人找痴三理论。在那斑驳的厕所里，痴三正反手抱着头打呼噜。

（载《微型小说选刊》1997 年第 18 期）

贞节坊

于心亮

冯瘸子真名叫冯二。

冯瘸子之所以叫冯瘸子，就因为他瘸。

冯瘸子无亲无故，单过。没啥能耐，只是在村头牌坊那儿摆一水果摊。摊不大，就是两个筐子上横一枣木扁担。

俩筐一扁担外加一瘸子，这并不出众。出众的是摊儿所处的位置。位置有啥？就是有那一牌坊。那牌坊有啥？就是三乡五疃无不知晓的贞节坊！

贞节坊不高，不大，无雕花，无彩绘，只是乍眼一看灰里土气的一门楼而已。

但这正是冯家庄最大的骄傲！

冯家庄无外姓，乃一族。贞节坊就是为全族贞妇而立！立下几百年！屹然不动！

冲着这一牌坊，全族贞妇还真贞！

所以，这贞节坊就很有威望。

所以，冯瘸子的水果摊就很不孬！

冯瘸子卖东西不是论斤，而是论个。你买就卖，不买就算。无事，就怔怔地瞅路上来来往往的人。认识的倒还罢了，不认识的，往往会被他瞅得不会走了。

太阳落山时，冯瘸子就用枣木扁担担着俩筐子一歪一歪往家走。这时，斜阳将他的影子拉得老长，俩筐子在肩头上一晃一晃儿地荡。冯瘸子就不由得咧嘴乐了。他觉得那挺好玩。

每次回家，他总在冯贵店里沽点酒。不多，就半壶。然后晃回家随便扒点东西就着，黑暗里不点灯，喝完吃完扯被上炕，一呼噜就到天亮。

冯瘸子想女人不？想！

隔壁就是冯材家。冯材早死，留下一寡妇婆娘。

冯瘸子就常想冯材家那婆娘。

那晚冯瘸子不点灯，就着一把花生米喝下一壶酒就睡不着，睡不着就胡寻思，寻思来寻思去就翻过墙去在茅厕里摁住了那婆娘，那婆娘就呼喊撕打引来了许多人。那许多人就对冯瘸子拳打脚踢最后把他用细铁丝绑住俩大拇指头吊在贞节坊下。不多，就两天两宿。放下后，冯瘸子俩大拇指就废了。

废了拇指的冯瘸子在家里窝了个把月，又瘸着一条腿出现在村口。村口哪儿？依旧是那贞节坊下。俩筐一扁担外加一瘸子！

闲着无事，冯瘸子依旧睁着俩眼球子怔怔地瞅来往的行路人。熟悉的就都鄙夷地回过眼瞅他。不认识的，就又会被他瞅得不会走了。

不久，烽烟四起，日本人打进关里来。二十里外的沟芋屯也驻上了鬼子。

人心惶惶。想逃，又不知往哪儿逃。冯瘸子阴沉着个脸，依旧摆摊儿。不管不问。

忽一日，一队鬼子围了过来。冯瘸子老早就瞅见了。想喊，又没喊。就这样，村里人没有一个逃出去。

全村人就集中在贞节坊下。

鬼子官是个中国通。他嘿嘿地笑："贞节坊，这就是贞节坊？"

冯庄人出奇地缄默，小孩子想哭，嘴早给大人堵上了。

"听说只有三贞九烈的女子才配立贞节坊，是吗？"鬼子官问的是冯九爷，最德高望重的老字辈。

钢刀架在脖子上，冯九爷颤颤指了人丛中的一个人……冯材家寡妇婆娘！

那婆娘"嗷——"一声号起来，早有两个日本兵抢过去摁住，把她的腿拉开来。就在鬼子的淫笑声中，婆娘的哭喊声中，冯庄人的静默中，猛地炸起一声："住手！"然后走出一人来——冯瘸子！于是，冯家庄的村民惊奇地发现：冯瘸子今天走得很稳，腰挺肩直，就那么缓缓地站定在鬼子官面前。冯瘸子说话了，说的话让冯家庄人能全部羞死，那就是：冯瘸子与寡妇婆娘的丑事！

鬼子官狐疑的目光刺向他："当真？"

冯瘸子冷冷地笑，闪电般夺过鬼子官的钢刀，光影一闪，一截东西掉在了地上——冯瘸子的大拇指！

在鬼子的狂笑声中，"轰隆——！"挺立几百年的贞节坊炸塌了。

这一响，惊醒了呆滞的人们。

"还我的清白——"寡妇婆娘悲号一声。

人群愤怒了，潮水般涌过来。

冯瘸子直直地站着，眼张得老大。忽一拳砸来，他便手捂着脸倒了下去。那截残缺的手指正在兀自涌着血……

听到枯枝断裂的一声响，冯瘸子在人群的拳脚丛中见到那根枣木扁担正从自己的那条好腿上移开。

冯瘸子知道，自己再也站不起来了。

而那边，在那残断的贞节坊前，正有一个女人哭得伤心……

（刊于《微型小说选刊》1997年第20期）

惊心的照相

何葆国

老霍在刑警大队搞了二十个年头的摄影，专门给尸体和罪犯拍照。在他办公室的一只大立柜里，一沓一沓都是这些照片，让人看了心惊肉跳。

老霍拍的照片常常印在"认尸启事"和"通缉令"上面，漫不经心看一眼倒没什么，假如你认真看，一定会触目惊心，好像有一股寒气从脚底升起。老霍拍摄的尸体照片给人一种强烈的现场感，把生命遭到毁灭时的那种恐怖和悲惨表现得淋漓尽致，带着一股浓重的血腥味。他拍的罪犯照片，抓住了罪犯最典型的表情特征，栩栩如生地定格在照片里，让人一看就能认定那不是好人。老霍的许多同事都有这样的感觉：他们看现场或者面对罪犯都很平静，倒是看老霍拍的照片，反而有一种莫名的震惊。

说来没人相信，老霍二十年来除了执行公务给尸体、罪犯拍照，极少动用相机，远的不说，近的仅有三次，而这，绝对就是最后的三次。

这年八月的一天，下班了，办公室里只剩下老霍和同事白副。

白副看见老霍桌上的相机，忽然心血来潮，说："老霍，给我'咔嚓'一张。"

老霍很为难，说："我从来拍的都是尸体和罪犯……"

"没事，你随便拍一张就是了！"

白副坚持要拍，老霍只好给他拍了一张。

照片洗出来之后，老霍吓了一跳，他拍的白副活像一个死人！老霍没有把照片给白副，好在白副也忘了，可是没多久，白副在一次执行任务时发生车祸身亡，他死的样子，跟老霍拍的照片一模一样，这使老霍一连做了许多天的噩梦。

到了九月，有一天，老霍背着相机从现场回来，他走上办公楼，看见黄政委正站在走廊上眺望远方。黄政委是老霍的老上级，他平时待下属总是和和气气的，没有一点架子，老霍便上前尊敬地叫了他一声。

黄政委见是老霍，笑道："老霍，辛苦啦！你这'海鸥'机用了十几年了吧？"

老霍说："今年满二十年了。"黄政委说："你提个申请，局里议一议，给你鸟枪换炮，换个现代化的！"

老霍用"海鸥"用得顺手，也用出了感情，从没想过换机子，但是对黄政委的好意还是很感激，便连声道谢。

两人稍稍聊了几句，黄政委说："给我来一张吧。"他立即摆出拍照的姿势，脸带微笑，显得和蔼可亲。

老霍犹豫不决，黄政委笑道："快啊，不要浪费我的表情啦！"老霍迅速调好焦距，按下了快门。

几天后，黄政委的照片和十几张罪犯的照片一起洗了出来。老霍凝神一看，顿时一阵心慌意乱，他觉得黄政委的表情……他不敢往下细想。

大概一个星期后，黄政委忽然因受贿罪被捕，大家听到这个消息都很惊讶，只有老霍表情平淡，好像什么都没有发生一样。

这一段日子，城北的机关干部新村接连发生三起盗窃案。罪犯很狡猾，几乎不留任何痕迹。大家跑了几天，还守了两个晚上，连个影子也没碰到。

那天，老霍独自到新村查访，回来路上，腰间的 BP 机响了，原来是儿子在呼，说是母亲突然昏厥在地。老霍知道老伴心脏病复发，没来得及回局里，直奔家去。

回到家里，老伴因为吃了救心丹，已经好了许多。老霍问她要不要上医院，她说不用，老霍于是松了口气。

儿子看见老霍背着相机，说："爸，给我照一张证件照吧，我们厂里填表要用照片。"

老霍说："到照相馆去照。"

儿子说："来不及了，表格明天就要交啦！"

"你早几天怎么不照？"

"我忙啊，忘了。"

经不住儿子好说歹说，老霍想到晚上该把胶卷拿出来冲洗，里边还有一张底片，便勉强答应给儿子拍了一张。

晚上，老霍在局里的暗房里冲洗，当他看到儿子的照片时，心里蓦地一惊，这简直就是"通缉令"上的罪犯，那眼睛的深处，透露出一股难以掩藏的邪气！

难道儿子是罪犯？老霍实在无法接受这样的事实。

这天晚上，老霍一夜没睡。第二天，等儿子上班以后，他走进儿子的房间搜寻，撬开了锁着的一个抽屉，抽屉里除了老虎钳、凿子几件工具外，还有几扎外币和一包黄金首饰。老霍只觉得眼前一阵昏暗，几乎要跌倒……他踉踉跄跄地离开了家，乘上电车到了局里，敲响了局长办公室的门……

第二天，儿子被传讯，经侦查，他果然是新村盗窃案的罪犯之一。儿子被逮捕，老伴因受了刺激，心脏病突发而死去，老霍便成了孤身一人。

老霍大义灭亲，同事们都很敬佩，但为什么老霍一看照片就怀疑儿子是罪犯呢？有人说，凡是罪犯，心里总有一股邪气，这股邪气，总要通过眼神、面容透露出来，老霍拍了二十年的罪犯照片，对这股邪气最为敏感，所以一看黄政委、儿子的照片，便能察觉有异。至于白副的照片和他的意外身亡，那不过是巧合而已。这种说法，倒好像有点道理。

（载《微型小说选刊》1997年第21期）

捕鼠者说（二题）

秦德龙

震死了

赵先生的老婆上北京学习了半年多，一回来。发现写字台成了老鼠窝。老婆气鼓鼓地说，你看，你看，影集，老鼠把你和我都给吃烂了。

赵先生就笑，我真不知道啥时候养了一窝鼠娃子。

老婆说，放你的提高文化素质屁，星期天逮老鼠。

赵先生就接了老婆布置的任务，星期天上午逮老鼠。赵先生"尺"着身子，翻箱倒柜，却未见一根鼠毛。

老婆参议说，是不是藏在墙上那烟筒里？

赵先生家的烟筒除了冬天以外，其他季节就挂在墙上。老婆多次建议把烟筒扔掉。赵先生不舍得，赵先生说，冬天没暖气，咱不生炉子？再说，家里总不能没有两件"文物"吧？

现在问题就出在了"文物"里。老婆脸上露出了嘲笑。

赵先生就用皮笑肉不笑做检讨，然后，就点上一支烟，想怎样将老鼠一网打尽。

老婆在一边发急，骂赵先生真是个"肉操"。

赵先生这才行动起来，找出两根擀面杖，将小的发给老婆，让老婆不停地敲一个旧铝盆。

老婆就觉得有意思了。就按赵先生的吩咐，像穆桂英一样，敲出来杀声如雷的鼓点。

赵先生蹑手蹑脚地站到板凳上，用破布将烟筒口塞严实了。

停，停。赵先生让气喘吁吁的老婆停止敲盆，亲自举起大擀面杖，"哐哐哐"敲响了烟筒。

就听见烟筒里有老鼠张牙舞爪制造出来的动静。

赵先生和老婆大笑，夫妻随即对擂开来，敲盆声、敲烟筒声，声声震耳，势若暴风骤雨。

赵先生觉得噪声分贝足矣，方才住手，遂将烟筒取下来掏出筒口破布，竹筒倒豆子一般，将两只老鼠倒了出来。

老婆拍手笑道，震死了，老鼠震死了。

赵先生昨天刚刚读了一篇关于利用噪声威力的文章。

吓死了

钱先生看见那只老鼠沿着晾衣服的钢丝爬到大立柜上，又从立柜上蹦下来，又跳到炉子上，再又蹿到钢丝上……

老鼠忘情地做着杂技表演，一边走着钢丝，一边向钱先生挠爪。

钱先生没有点燃炉火，所以老鼠敢大摇大摆地从炉子上往钢丝上蹿，根本不担心烫肚皮。

钱先生就想，老鼠一定是刚刚偷吃了东西，否则不会这样得意忘形。看着老鼠狂妄的嘴脸，钱先生就用手指比画出手枪射击的动作，向老鼠瞄准。

这时候，老鼠却扬起右前爪向钱先生飞了一个吻。

钱先生的目光接到了飞吻，嘴就情不自禁地咧开了。钱先生想这一定是只小母耗子。

钱先生猜得对，这是一只母老鼠，但他不知道，这只母老鼠已经钟情于他多日了。此鼠并不住在钱先生的房子里，它总是在晚上才跑到钱先生的屋里来。它是来向钱先生学习呢，每当钱先生用刀片刮改账簿的时候，它就躲在柜子顶上发笑。它居高临下地俯视着钱先生，钱先生的每个动作它都看在眼里。

钱先生不知道此鼠在鼠窝里也是个会计呢，要知道了，准会吓出一身冷汗。

老鼠还在张狂地踩着钢丝。钱先生看着踩钢丝的老鼠，竟莫名其妙地担心它会栽下来，渐渐地，这种担心又变幻成一个奇怪的比喻，好像自己也成了踩钢丝的家伙。

这个幻觉真可怕。钱先生一激灵，突然就爆发出一个响亮的喷嚏：阿嚏！！！

再看老鼠，却从钢丝上掉了下来，一副灰头灰脸、贼眉贼眼的嘴脸，蹬了几蹬腿，咽气了。

吓死了，一个喷嚏把老鼠吓死了，钱先生自言自语。

钱先生病了一场。

（载《微型小说选刊》1997 年第 22 期）

市长与村妇

王孝谦

　　章刚应该算是最后一批回城的知青了，平因为把一生交给了一位村姑，便回不了城。

　　章刚离村前，对土地已有一种特别的感情。他最后一次锄了自己的责任田后，将这地交给了一位叫惠的村姑。那天惠来了，平也在场，就算是交接仪式。章刚挑水，惠浇了一遍庄稼。

　　章刚如今是一市之长了，虽是县级市，市长管的就不仅仅是土地了，章刚这几天心情一直不爽，政府常务会议开了三次专门研究市区新修一条街道的方案，对修 24 米还是 38 米宽争论不休，章刚也举棋不定。他有一种土地情结，倾向修 24 米，减少土地浪费，况且目前本市最宽的街道也只有 18 米，新的主干道增加 6 米已经够宽了。可是好几位政府组成人员倾向修宽一点，以免过几年又拓宽，那是更大的浪费，况且周围城市新城街道都比较宽阔，很是气派，那才像城市。

　　章刚一直没作最后表态，他一遍遍提醒自己要考虑全面一点，不能做让子孙埋怨的事。

　　星期天，章刚想散散心，便叫了司机一个人回到了插队的地方。他找到平时，才知道这小子自己办了个小企业当起了厂长。一阵闲侃之后，章刚想到了惠，平说惠不愿意离开那片地，让她到厂子做工也不愿意。她就在那片地上种葡萄种蔬菜，她丈夫外出打工一年没几天在家里，但不见惠家富裕起来。

章刚就决定亲自去看看惠。

惠正在纳鞋底，惠抬起头的当儿，鱼尾纹很明显地跳动了几下，略显灰暗的眼睛掩不住惊喜，之后就有些泛红，但没有泪滴下来。

章刚坐在竹椅上沉默了好一阵。他没想到惠还生活得这么清苦，他看见惠的两个孩子穿着旧衣裤，但很整洁。惠很不好意思地说她没响应计划生育超生了一个，市长不会怪罪吧。章刚听来觉得似在开玩笑，但惠说完之后又背过脸去。

章刚提出去看看那片地，惠很受感动，脸上闪出一圈红晕，说了声，你还记得呀？又背过脸去，这回好像有泪溢出。章刚隐隐地觉得惠有些异样，便想起了他做知青时惠对他的种种照顾。

从那片葡萄园回来，两个孩子已换了新衣服。

章刚继续看那两个孩子，大的十二三岁，是女孩；小的十岁左右，是男孩。两个孩子都穿着千层底的布鞋，鞋长长的与脚极不相称。裤子也长了一大截，都挽了几圈裹在脚踝上。衣服也长、大且宽松，看着像是穿的大人的衣服。章刚就问惠，怎么给孩子穿得总不合身，这不是浪费吗？惠拉过小儿子扯扯袖子随意地说，娃儿们还要长的嘛，没钱人家就想让娃儿们一件衣服多穿些日子。

章刚全身一颤。

星期一上班，章刚当机立断在拓宽新街的方案上签了字，并在宽度的空格处填上了"50米"字样。

一年之后，一条宽敞大街的两旁一幢幢设计新颖的楼房正迅速拔地而起，各地投资者从这条大道上看出了当地政府发展经济的决心和气魄，纷纷涌了来。

章刚因为大胆修了这条与省城规格相当的大街并由此带动了地方经济的发展，被列为有远见有开拓精神的改革者，受到上级表彰。

　　又一个双休日到来之前，章刚买了两大包东西，并和爱人约好，一同到他插过队的地方去吃葡萄。

（载《微型小说选刊》1997 年第 22 期）

邪　树

何葆国

　　村南坡地上斜歪歪地长着一棵老柊果树，好像当初栽种时没精心扶正似的。关于这棵柊果树，听老辈人说，而老辈人听老老辈人说，总而言之几代相传啦，这是棵邪树，果子是千万不能吃的，你要是管不住嘴，把它吃进肚子里去，这下好了，第二天睡醒，你摸摸脑壳看，它就长在你额头中间——一只跟柊果大小的肉果子！

　　老辈人的话总不会错。

　　你要是吃错了药说不信，村里辈分最高的大缠公就会语重心长地告诉你：很早以前，也是有个少年不信老辈人的话，偷偷摘了只熟果，在吃之前为了保险，拼命搓洗了七八遍，皮也削得很干净，可是吃下去，第二天照样长出一只肉果子。照样！

　　老辈人说的话会有错吗？

　　只是，家里有十二三岁小孩的一些父母被害苦了，他们成天训诫、提防着小孩偷尝果实。小孩因为无知而无所畏惧，或许单单出于好奇心就敢破忌。这些父母几乎不敢想象那么一天，他们建议砍掉树算了，不就是一棵邪树吗？但是以大缠公为首的老辈人并不曾从老老辈人那里听说这树可以砍，也不曾听说不可以砍，他们便一时思忖、商榷了七天七夜，最后搬来历书看过罗盘，才下了结论说：虽然是邪树，与村庄的风水却有牵涉，不宜砍伐，应让它自生自灭。

年复一年，老杧果树开花、结果，果子熟透、掉落、腐烂。那么多年来，村里人熟视无睹不为所诱，而一茬茬小孩经过老辈人长期不懈的调教也深明大义，他们娶妻、生子，然后严肃认真且不遗余力地调教出又一代听话的小孩。年复一年，老杧果树开花、结果，果子熟透、掉落、腐烂。

时间到了这年秋天。大缠公在城里念书的孙子小放，考大学没考上，灰头土脸回到了村里。因为心情烦躁，就爬上了老杧果树。小放看见果子那样饱满诱人，不相信吃不得，就一口气吃了五个。嘴啃下来的青皮吐在树底下，一簇簇，幽幽地闪晃着青光。

不用说，有人看见了这一幕，立即飞报全村。小放下了树刚进门，大缠公拄着拐杖，颤颤巍巍就迎上来，一手揪住小放的耳朵，怒声斥道，老辈人的话，你都听哪去了？我看你明天长肉果子！小放只是呀呀叫痛，不敢争辩。

村里人都说，这下有戏看了，小放这书呆子明天……哼哼！

然而，第二天他们看到小放时，全惊呆了！小放故意用手梳弄了几下头发，又在平坦的额上擦了几擦，不屑地撇撇嘴，一副得胜将军的模样。

真是怪了……居然屁事也没有……莫非老辈人的话……这一夜，村里人第一次失眠。

第三天天蒙蒙亮，小放抓了一只麻袋，将杧果一网打尽，骑着脚踏车载到城里去卖。

那袋杧果卖了多少钱，流传着多种说法。村子吵吵嚷嚷，好像翻了天。狗娘养的，他怎么没长出肉果子，不说是邪树吗？我怎么不懂得偷尝一个看看，这下让人全捞光了！我早就想过不可能是什么邪树，只不过没想到它真的不是。村里人很懊悔，很失望，很不平。渐渐地，七嘴八舌集中到了问题的要害：杧果树不是小放家私有的，他怎能摘去卖钱？

小放说，你们不懂得摘去卖钱，是你们傻。我辛苦半天，卖了钱难道要跟你们平分吗？

村里人说，树不是你家种的！

小放说，谁也不知道是谁种的，没人照管它，谁占了就是谁的！

这是什么话，我们又不是没长手脚！村里人义愤填膺，纷纷爬上树，可是一个果子也找不到。我们受老辈人骗了，这下屁也没有了。狗娘养的太不公平了。怒气没处发泄，就死劲地拗、踩，枝枝丫丫断落一地。最后，有个人干脆拿来斧头，狠狠地砍。砰，砰，砰。干你姥的邪树！邪树！我们太老实，都不懂得果子可以吃，可以卖钱。就是呀，太亏了。你们下来吧，这棵树我占啦。砰，砰，砰！

大缠公拄着拐杖赶来时，杧果树已被砍倒在地。大缠公满脸惨白，哑声叹道，造反了造反了，都不听老辈人的话……

小放看到树被砍倒，他冷冷地笑了一笑。过了一天他就进城去找工作了。

（载《微型小说选刊》1997 年第 23 期）

花 匠

杨轻抒

一条花市街使我们这座三国时就赫赫有名了的小县城香飘四方。在花市街上卖花的数董爷的花品种最多，花势最好。

董爷不是花贩，董爷自家养花，自家卖花。但董爷卖花有一怪癖：凡买花者神态间显出可买可不买者，董爷坚决不卖。董爷说，不爱花的人不懂珍惜。

另一类，买花者买花时董爷必追问其养花之道，若买花者对所买之花的养育知识一无所知，董爷也不卖。董爷的理由是：只知道爱花不懂养花，是作孽。因此，第一回到董爷处买花去了的，如被董爷第二次见到，必被刨根问底打听花势如何。若好，董爷就一脸满足；如有了问题，董爷当即就要气得白胡子颤颤的。那人要还不快逃，定会被董爷骂个天昏地暗。

所以花匠董爷在花市街——在整个县城是一怪。

正因为董爷有这么个怪癖，所以董爷的生意并不见好，除了些真正爱花又懂花的之外，董爷的生意多少有些冷清。再加上前段时间我们小县城里因为某个主要领导的案子闹得沸沸扬扬，全县人的注意力都到案子上去了，就更没心思侍弄花了。

案子出得实在有些让人始料不及。那个主要领导只在一夜之间就成了阶下囚。有消息传出来，说在他家里倒没搜出什么，但在他妻子办公室、他儿子的屋子里搜出的各国货币，不包括金银首饰和足以开一家高档礼品店的礼品，其数目就可以抵一个中等收入的人干上十辈子了。大家始终没明白，这个一向政声挺好又平易近人的领导怎么会是这么条蛀虫呢？

一时间大街小巷都在议论这件事。

议论的结果有两种：一是知人知面不知心，画虎画皮难画骨，这个领导外表给人印象挺好，实际却是隐在政府里的一条蛀虫；二是认为这个领导本身是好的，但是太宠他的妻儿，结果妻儿背着他干了那么多的坏事他居然一点都不清楚。

这一点似乎有些说不过去，花市街的居民们倾向于第二种，因为花市街居民点，是在这个领导的亲自过问下，大家才有了这个既宽敞又明亮的住处。所以说起这个领导的案子，大家自觉不自觉就偏袒了这个领导。

有人就问董爷，您看呢？

董爷说，我不懂，我只懂养花。

那人偏不死心，说，您这把年纪了还有啥不懂的？

董爷说，真的，我就懂爱花的人要会养花，不会养花的人爱花不是爱花，是害了花。

那人呆了呆，说，是了，这也是道理。

那人五十岁左右，像哪个厂里的中层干部，蹲在董爷的花前，一盆一盆地看，边看边问，董爷就乐了，说，你也懂花？

那人冲董爷笑笑，说不懂，但爱。就为爱花才来向您请教呢。

董爷挺高兴，就扯条小凳给那人坐，说，真的，爱花是件好事儿，可光是爱花有时就变了坏事。比如有的花要水足，就得多浇水，可又不能浇得淹了花；有的花性瘠，那就不能多施了肥。

董爷端起他总带在身边的紫砂壶，抿一口，挺惬意地一抹白胡子，说，活这么大把年纪了，也见多了，人和花一理，爱护是当然的，可不会管着，爱就是害呢！

那人挺高兴，和董爷对坐了，说得手舞足蹈，花市街的人第一次见董爷说了那么多的话。

不久，有位领导在电视上讲话，讲了很多，道理和董爷说的是一样的。

董爷吃了一惊，说，我昏头了！咋就把他的官看小了呢？

（载《微型小说选刊》1998 年第 1 期）

误　会

顾文显

　　郭先生是文化馆的创作辅导干部，他才华横溢，更主要的是讲究职业道德，具有奉献精神。比方说，他的工作不像在工厂干活，要看生产速度，他这是良心活儿。假如他对业余作者进行辅导时该说三句的说两句，该讲一天的讲半天，省下点精力、时间搞点自己的创作多好，谁也瞅不出破绽，他依然是顶优秀的文学导师，而他自己的创作势头也很强，每月都有几篇诗文问世，他有实力。但是他不，面对任何一个讨教者他立即放下自己的构思去辅导对方，有许多自己想好的佳句和感人的情节也都奉献给了别人，别人的作品发表，他便高兴。有人暗示：教会徒弟，饿死师傅。他笑，什么话，要我干什么？一篇文章有时可以激励作者从此走向文学之路，人才是国家的，我无权耽误人家！

　　这样便培养出很多见铅字的学生。学生们发表了作品，有后门的就逐渐调入好单位，渐渐地当了官儿。当了官发了财的学生差不多都请郭老师进过酒馆。为此，郭先生也感动过。

　　时间是记忆的淡化剂。渐渐地，学生们便把郭老师的心血消化了，有时酒后说：郭老师指引我上路，别看没改过一个字，但大恩不能忘。人们都喜欢标榜自己无师自通是天生奇才，这些，郭先生没当回事，谁受人点恩惠还能一辈子总惦记着呢？

　　郭师母讥笑他，这人有卖弄欲，有表现癖。名利双收的作品误了写，却培养出一些没良心的学生，活该。郭先生反驳，把你自己管好就不错了，别干涉我。

级别上不去，职称不显赫的郭先生逐渐在昔日学生心目中矮了下去，他的称呼也与日俱"改"。当官的学生原先称呼他"郭老"，后来，"郭老师"，再后来，"老郭"，再再后来，"郭绣文"，最后索性昵称"绣文"或"阿文"，俨然首长恩宠属下。

郭先生至此心中有了芥蒂，可他位卑家贫，不满也只能忍。

老婆便说该该该该该。

日久天长，郭师母的话传开来，飘到了当了官发了财的学生们的耳朵里，大伙一品味，对呀，不能尊其师，安能忠其友？让上司知道了也不能再信任。于是大家一串通，要请郭老师。恰巧郭老师生病扎了俩吊瓶，大伙借题发挥，慰问品好一顿送，又请他坐了上席，轮番做东。郭老师郭老师叫得舌甘口甜。

此后郭老师受到尊重。领导带头，个个效仿，哪个见了他也要与他打招呼，热情上一番。

可是郭先生却觉出异样。他只觉身上哪儿不舒服，县医院检查过，又去市、省医院检查了，大夫告诉他没病，他只苦笑着摇头。

郭先生到底吞服下大量"佳静"而离开了人世，他在遗书上写道：所有的人都在瞒我，然而我也不是呆人，得上绝症，有什么法子？先走一步，省去遭罪，费钱……

师母哭背过气去，他个贱坏子，你们冷不丁待他好，反招他疑心，钻进死胡同再回不过头……

（载《微型小说选刊》1998 年第 2 期）

芳 邻

林如求

英的前夫伟是她隔壁的邻居。伟的父母从小看着英笑模笑样地往倩里长，挺喜欢她。英才18岁，伟就向她求婚。英的父母也从小看着伟壮壮硕硕地往靓里长，也挺喜欢他，马上就答应了。第二年，伟就提出结婚。英好害臊，因为她的同班同学没有一个结婚的。这种事她做了第一，多不好意思？就摇头。到了年底，伟再次催结婚，英仍是摇头。这么连摇了三四回头，伟就怀疑英的心中另有白马王子，窝火得很。

又过了一年，伟的父母不知是第几次登门来磨嘴皮子了。英那时也已经20岁，终于点了头。

洞房花烛夜，伟等英主动，英也等伟主动，双方就这么你等着我我等着你，等到雄鸡高唱，东方发白，春宵虚度了。

伟第二天就向英的父母告状，说英是木头做的。英的父母听明白了，就去问英。英说："这种事，男人不主动，女人能主动吗？"

直到第二夜，双双才效鸾凤之交。

这么着，伟又把这事拴在心里了。

伟在另一个城市工作，隔着一两百里的路程，相聚一趟也挺不容易。伟时不时回家。夫妻俩有时亲热，有时也不亲热，反正英从不主动。夫妻感情就这么疙疙瘩瘩的，像嚼甘蔗的尾巴——没甜味。

过了三年，伟提出离婚。英不知道自己做错了什么事，硬不答应，说："你想换个新的，没那么爽，不离！"要给他拖着。

她公婆以为伟有了外遇，就一边骂儿子，一边向英赔不是，又拿上吊来威胁，不让儿子离婚。儿子就整月整月地不回来。

英就拐弯抹角地托好友去调查伟。查来看去的，却没有第三者的影子。好友们就劝英离了，不要守活寡。英笑笑，没再说什么。

这么冷冰冰地胶冻了三年，英终于同意离婚。她公婆跪着求英别离，英不肯点头。双方没吵没闹，就到法院打了离婚证书。左右邻居竟无一人知晓。

告别时，他们到店里吃了一顿"最后的晚餐"。英问伟："我哪里对不住你了，要同我离婚？"到了这份头上，伟就把心中的积怨来了个瓮里倒橄榄。英才知道原来是求婚时一直怪意下来的。英就笑笑，也没说什么，还满满地敬了伟一杯酒。

英很快找到现在的丈夫庄。她与庄一结婚，就有了身孕，可她与伟结婚六年都没怀上孩子。伟也是一再婚就添了儿子。英后来一说起这事，就说："这就是姻缘，你说怪不怪！"

伟其实长得挺帅的，一米七的个头。离婚时，英把他的相片都烧毁了，一张也没留下。英后来对女友说起这事就叹："好可惜！"

英再婚前搬了家，但和伟家仍相隔不远。伟不久也停薪留职回城，"下海"了。因此他们出门上班，不时还打照面，照了面双方都打招呼，反比以前做夫妻时更热乎。

有一次，英挽着庄的手上街，又碰到伟。英就同伟打招呼，有说有笑，蛮亲热的。庄就问是什么人，英说是原来隔壁的邻居，但没有告诉庄那是她的前夫。庄听了就友好地向伟笑笑，又点点头，还伸出手来握了握伟的手，请他有空时去他家做客。伟笑笑，连说："一定一定。"

又一回，伟挽着新婚的妻子上街也碰到英。伟也向英打招呼，有说有笑，蛮亲热的。他妻子就问是什么人，伟说是原来隔壁的邻居，也没告诉他妻子英是他的前妻。他妻子听了，也挺友好地向英笑笑，又点点头，还伸出手来握了握英的手，请她有空时去她家做客。英笑笑，也连说："一定一定。"

后来，这两对夫妻仍不时会面。会了面，总是有说有笑，蛮亲热的。但他们两家至今没串过门。

（载《微型小说选刊》1998 年第 3 期）

白宝石

汝荣兴

白宝石？我只知道宝石有红的绿的蓝的……甚至也有黑颜色的，可从来不曾听说还有白色的，你老兄有没有搞错呀？

甲便在这个时候卖起关子来：看来你是不想听我的故事？也罢，我就不讲啦。

这样，虽然依旧满腹狐疑，我对甲的故事的兴致却是被极大地调动并增强了起来。我不禁想：这世上或许真有白宝石吧？白宝石会是什么样的呢？甲的那个叫作白宝石的故事又是怎样的一个故事呢？

于是我就给甲扔过去一支香烟，同时催他：讲呀讲呀，你快讲呀，我想听你的故事。

甲便不露声色地莞尔一笑，然后边点着我扔过去的香烟，边慢条斯理地讲起了那个被他称作白宝石的故事来——

话说有个男孩，他当时8岁，不，或许是18岁吧。一天，他在路上见到一个人，总觉得这人有些面熟，但就是一时记不起来他是谁——嘻，他是谁呢？男孩挖空心思地想呀想，可能想了有3天，也可能是3个月，总之，男孩到最后总算是想起来这人是谁了。原来，这人是男孩家先前的邻居，后来，这人搬走了，搬走已经有两年时间了，所以男孩一时竟想不起来他是谁了。

说到这里，甲没了声音。但甲脸上依然保持着一开始时的那种笑意。这之后，甲笑嘻嘻地摸出他的香烟，自己叼一支，也回扔给了我一支。

我便赶忙掏出打火机替甲点着了香烟。自然，我自己也点上了。只是，我已没心思去抽烟。我想，甲这是要以香烟助他的故事呢。我又想，讲到现在，里面还没出现白宝石，这说明一切还不过是个引子呢。我还想，接下去的故事才算是真正开始了呢——不知那男孩跟白宝石会是什么关系？或者跟白宝石有关系的该是男孩的那个邻居？

这么想着，我就心情迫切地盼着甲再开金口。

但甲似乎又在卖他的关子了，他只顾笑嘻嘻地抽着香烟，他甚至还笑嘻嘻又悠然自得地冲我吐了个十分圆满的烟圈。

我便有种忍无可忍的感觉，就第二次催甲：你老兄倒是抓紧时间给讲下去呀！

完了，我讲完啦。甲回答，同时又冲我吐出一个很是圆满的烟圈。

我想那时候我的眼睛一定是瞪得比鸡蛋还要圆了：什么？完了？你已经讲完那个叫作白宝石的故事啦？可那白宝石呢？你所讲的这一切中哪有白宝石呀？

针对我这连珠炮似的一连串问号，甲不慌不忙，脸上还是那种笑嘻嘻又悠然自得的神色，同时慢条斯理地对我说道：重要的并不是我的这个故事里究竟有没有白宝石，甚至也不是我所讲的到底算不算故事，而是你老兄虽然心存疑虑却还是兴致勃勃地做了我的忠实听众——你尽管不怎么相信，可事实上又绝对相信地进入了我的圈套！

你——你小子原来是在耍我？！

也许可以这么说。但问题是：你为什么会被耍？我们的生活中为什么总有人会自觉不自觉地去相信自己原本并不相信的东西？在回赠我如此两个问号后，朋友甲意味深长地看了我一眼，然后嘿嘿笑出了声。

（载《微型小说选刊》1998 年第 3 期）

不同的结局

何开文

一年前的一天。

海与妻与邻人结伴上街逛商场。

商场里人山人海。

"小偷，快抓小偷……"

海突然听到邻人一声惊叫，见一男子手上正拿着从邻人手上抢去的钱包向商场门口逃去。海紧追不舍，勇敢地与那小偷交上了手。那小偷见被海缠上，便狗急跳墙，忽从腰间拔出匕首对准海的腹部就是一刀，海当即倒地，鲜血染红了全身……

海很快被赶来的警察送往医院抢救。

医生全力以赴地投入了抢救工作。

市电视台、市报社记者拥向医院采访见义勇为的英雄。

市政府很快下发红头文件，号召全市人民向见义勇为的英雄海学习。

海在医生护士的精心护理下很快恢复了健康。

市各机关单位、各大院校纷纷特邀海前去作报告。

一年后的一天。

海与妻与邻人结伴上街逛商场。

商场里人山人海。

"小偷，快抓小偷……"

海突然听到妻一声惊叫,见一男子手上正拿着从妻手上抢去的钱包向商场门口逃去。海紧追不舍,勇敢地与那小偷交上了手。那小偷见被海缠上,便狗急跳墙,忽从腰间拔出匕首对准海的腹部就是一刀,海当即倒地,鲜血染红了全身……

海很快被赶来的警察送往医院抢救。

医生全力以赴地投入了抢救工作。

市电视台、市报社听说小偷抢的钱包是海的妻子的,便以不宜公开报道为由撤下所有报道海见义勇为的稿子。

海因伤势过重离开了人世。

海第二次见义勇为的事迹悄然无声。

(载《微型小说选刊》1998 年第 3 期)

定　格

王德林

　　连财在乡下的民办小学教了三十多年书，好像一头负重的骆驼，吃苦耐劳，任劳任怨，竟无半点怨悔的情绪。如今，纷纷扬扬的粉末已将他的两鬓漂白，眼角的皱纹一抓一大把，很高的身材也弯成了一个括号。

　　连财的父母给他起名字的时候，对儿子的一生肯定寄予了厚望，可令他们失望的是儿子一辈子都与财无缘，拿连财老伴的话说，他就是尼姑庵里守青灯，没福的命。

　　轮到连财给儿子起名字的时候，连财就反传统地给儿子起了一个很有文化的名字，叫连文学。然而，儿子又阴差阳错地与文化失之交臂，因为灵醒的儿子不想重蹈父亲的覆辙，跑到县城卖肉，有了钱便别上 BP 机手持大哥大很大款地在街上招摇。连财看儿子的做派不得劲，便揪着眉心说，你一个卖肉的，带那玩意儿显摆个啥？蓄着板刷头的儿子瞪了他一眼，一出口就给了他一个大窝脖，卖肉的咋的啦，我有钱就买着玩儿，总比你那副穷酸相强，脸冷得像块冰坨。更让连财愤然的是，儿子居然撇下乡下的老婆，又毫不害臊地在城里娶了个美丽小巧的女人。连财一脸不以为然，边摇头边想起鲁迅笔下九斤老太的那句话：真是一代不如一代了。

　　连财凭着区区几年小学教育打下的基础，在漫长的人生里苦苦自修，他教的学生不少成了名人，在电视里常常可以看到他们满怀激情地赞美名牌洗衣机、彩电什么的，他便啪的一声关掉电视，气得直喘粗气。连财很孤独，灵魂深处藏着一种愤世嫉俗的孤傲，他觉得这个世界似乎啥也不缺了，唯独缺少精神操守，自己像是最后一个守灵人。

县里要出本县志，就把连财抽调到文化馆，谁知，这一去便是三年。三年来，连财一直埋头在文化馆后院那间昏暗的小屋里写作，都快捂出毛了，文稿厚达盈尺，右手的中指磨出了厚厚的老茧。

文化馆临街的两间房租给了一家公司，以贴补馆里捉襟见肘的窘相，后院的几间小屋就成了办公室。院子里花木蔚茂，芳草蔓舍，一株苍幽的老柏杨挺拔参天。院里这些茂盛得自在坦荡的生命似乎在极力拒绝一种诱惑。

县志在连财的惨淡经营下终于面世了。

举行首发式那天，县委书记和县长前来剪彩祝贺，很是热闹了一天。

第二天是个熏风吹拂的日子，县电视台的两位记者到文化馆采访连财。当时连财正伏案写作，桌子的一条腿断了用两块砖头垫住，椅子嘎吱嘎吱响，一副不堪重负的苦相。连财穿了件驼灰色的衣服，脸上带着一种和环境一样灰暗的表情。那位扛摄像机的小伙子看了看斑驳脱落的墙壁和用报纸糊着的窗户，说，这屋光线忒暗，能不能到前屋？馆长的脸就有点挂不住，说，行啊，我去跟人家说一声。

前屋的经理办公室富丽堂皇，宽大的老板台镜子般发着亮光，法式真皮镶木沙发骄傲地显示着豪华，浅粉色的百叶窗在豪华中张扬出优越的神态。经理是个獐头鼠目的中年男人，斜躺在靠背转椅上，很慷慨地对记者说，随便用，随便用。戴满戒指的手指在老板台上敲着鼓点，看坐在沙发上的连财便有种居高临下的气势。

手持话筒的女记者侧身坐在连财旁边，说，连老师，开始行吗？连财抹了把头上渗出的汗水，押了押像张馄饨皮翘起的领子，点点头。女记者问，连老师，您辛勤笔耕了一生，为我县的县志作出了巨大的贡献，您能谈谈是什么力量支撑着您完成了这项浩繁的工程吗？连财瞅瞅女记者，又瞅瞅对着自己的摄像机，吭哧了半天，才嗫嚅道，我……我……我之所以这样做，是因为我热爱文学。说到这，就卡壳说不下去了。连财不时用袖子擦汗，恍似生活在另一方世界里，心里空落得无依无傍。女记者安慰他，连老师，您别紧张，歇一会儿我们重来。那个经理的脸色便阳光灿烂，如同一名傲慢的拳击手，向连财投来蔑视的目光。

连财霍然站起，不行，还是回我那屋吧，要不就算啦。话说得有点声色俱厉，两位记者只好又跟他回到后院那间破败的小屋。

谁料，一坐到这间昏暗的房间里，连财顿感踏实，如鱼得水，那双眼睛立马明亮有神，声音徐缓而又沉着，充满了自信。摄像机的焦距再一次对准他，他竟有点仙风道骨的感觉。

院子里很静，静得能听见太阳落山的橘红叹息。

连财纵横捭阖，游刃有余，开始溯岁月的波流而上，将那些老化的鳞片抖落，变得青春无比。他听到自己说话的声音像金属的碰撞坚实而清脆，耳边猛然响起高山流水的琴韵，眼睛仿佛嵌在刀把上的宝石闪着奇异的光。

那把椅子痛苦地呻吟，随时都可能散架。

通过镜头，记者扫描到院里那株老柏杨的枝头上有片枯黄的叶子，在风中摇摆不定，眼看要被吹掉。女记者也从屋内氧分子的流动撞击里隐约预感到，一个生命的终结已经迫在眉睫。

果然，当连财亢奋得手舞足蹈说完最后一句话时，亮了一个样板戏的漂亮姿势，身子一侧，便断了气。脸上是高质量的微笑，眼窝盈满透明液体，硬笔书法一样的手还攥着一支老式钢笔。

连财死于心肌梗死，被送到急救室，心电图已经只剩下一条直线了。

当天晚上的电视里，连财那个漂亮的姿势在屏幕上定格了足足有三分钟，他儿子在那天晚上却因嫖娼被抓进了公安局。

连财的辉煌很短促，像流星划过县城的上空。

（载《微型小说选刊》1998 年第 5 期）

报　销

杨轻抒

　　老朱在县第一人民医院已经花掉了一千元，病仍未见好转。但报销药费时厂长却很爽快，厂长说，厂里再穷，也不能不顾有贡献的老同志。报！厂长利索地签了自己的大名。

　　老朱出了门，就想，不能再这样治下去了，厂里穷，每月花一千元，等于四个工人每月的总收入呢！自己身为厂里的老工人，对得住厂里吗？

　　老朱便想另找一个费用低的医生治。

　　你疯了？老伴把眼瞪得大大的，县医院是厂里指定的医院，其他地方能报销？在县医院治，花得再多总还有个报销处，其他地方……

　　老朱说，人就那么死脑筋？真的花钱少能治病厂里还不给报？何况厂里也穷，能省就省吧。

　　老朱果真就找到了一处花钱少的地方。

　　那是一个个体医生，老中医，自己开了个中药店。老中医把了老朱的脉，看了舌苔，问了一阵，说，这病不难治，治不好你砸我招牌！

　　老朱问，得花多少钱？

　　老中医想了想，五百元足够了。

　　老朱很高兴，心想，能为厂里省一笔呢！就跑去找厂长，说找了个老中医，只需花五百元就能治好。

厂长眉头紧皱，老中医？个体户？

老朱说，个体户是个体户，但能治病，而且比县医院省钱。

厂长说，省钱倒是省钱，可不符合公医办的有关规定，要报销……

老朱大惑不解，为厂里省钱还不行？

厂长说，我们研究研究再说吧。

老朱自己实在凑不出那五百块钱来，老中医叹了一声。老朱仍不忍心到县医院治，费钱，又没啥效果，就等厂里研究。过一段时间，老朱不能下床了，叫老伴去厂里问报销的事，厂长说，还得研究呢。又过一段时间，叫女儿去问，厂长说，这事实在不符合规定，还在研究呢。

老伴终于忍不住了，东拼西凑借了五百元钱，去请老中医。老中医看了老朱，却不肯下药，摇摇头，晚了！

不久老朱就去世了。

对于老朱的去世，全厂都很悲痛，老朱年轻时是厂里的技术骨干，老了是厂里的技术顾问，对厂里贡献不小。于是厂部决定为老朱举行隆重的追悼会，为表彰老朱生前的贡献，激励其他职工，经研究，决定从厂里办公经费中挤出一千元，为老朱买一只气派的骨灰盒。

全厂职工都很感动。

只是老朱的老伴一听说那只豪华的骨灰盒值整整一千元时，立即号啕起来，说，死鬼呀死鬼，你真死得够冤呢！

（载《微型小说选刊》1998 年第 6 期）

子夜电话

李景文

丁零零……

一阵急促的电话铃声，把诗人惊醒了。时至半夜，谁还打电话？诗人揉着惺忪的睡眼想。

先生，您好！话筒里传来很性感的女声。

别客气，你比我更好。诗人说。

先生，您真逗。小姐说。一人在外，不感到寂寞吗？不想找一个人玩玩吗？

玩玩，很想，但没资本。

身体不行吗？小姐声音里带着一种亢奋，我有办法让你快活。

不，身体很棒，是没钱。

哈哈哈哈。小姐在电话里大笑起来，笑得有点喘不过气来。我说你逗，果真逗。我一眼就看出了你是采花老手，很会勾引我们这些女孩子上钩。你没钱？骗三岁的小娃娃。你以为我瞎打电话没头苍蝇似的乱撞吗？你提的那密码箱，看上去好沉哟！

那不是钱，但是又比钞票值钱，里面装满了我花三年心血写成的手稿。诗人的声音也颤抖起来。

我说你这人逗，真逗。小姐又嘻嘻地笑起来。手稿跟手纸有什么区别，擦屁股多几个字。现在是诗（斯）文扫地，你还手稿、手稿的，不如说手纸。

138

下——流！诗人从牙缝里挤出这两个字，叭地挂了电话，脸都气得变了色。

丁零零……

电话铃又一次顽强地响起来。诗人狠狠按灭烟，愤怒地抓过话筒，想教训，甚至臭骂一顿这女人。

诗人吗？逗您玩的，瞧您生这么大的气。女孩子嗲声嗲气的声音又传过来了。其实我是很崇拜诗人的，您看我给您打这么长时间的电话侃些无关紧要的话，要自己付费的哟。

诗人冷笑了几声。你有的是钱嘛，来得容易嘛！

我知道您瞧不起我这类人，但我们……话筒里的声音由伤感转为激愤。那些贪官污吏呢，他们吸人民的血，他们才是真正的娼妓，政治上的娼妓！

说得好！热血沸腾的诗人不禁脱口而出。

话筒里先是一片死寂，继而传来嘤嘤的哭声。我怎么会看不起您呢，您看您哭什么？诗人着急了。您一定听过许多故事吧，古今中外都有，茶花女、羊脂球、杜十娘、小凤仙等等，她们都有一颗金子般的心啊！

哦，我终于找到了……知音。电话里传来抽抽搭搭断断续续的声音。其实，我原是一个纯情的女孩，以前也做过……诗人的梦，我是迷途的……羔羊。现在就让我来看看你好吗？陪陪你，我有这种……冲动，不收……钱的，一分钱都不……

这样不好，这样不好。诗人有点尴尬地说。要见面就约在白天吧，明天八点在市中心广场的喷泉边，我拿一本我的诗集，您捧一束洁白的鲜花。

不，我怕……夜长梦多，懂吗？诗人清晰地听到电话里传来的上下牙齿直打战的摩擦声，仿佛看到一个没有血色的女孩在那个打电话的角落里正瑟瑟发抖。我受一个叫大黑的人操控，每天赚的钱都要给他，稍有不从，他就拳脚相加，捆嘴巴，用烟头烫，我身上有许多伤疤哟。我都告诉你了，你要救我，救我！

好，你快来，我救你！噢，这样……还是我来吧，我们一起到公安局！诗人觉得自己一下子成了斗士。以后的日子，你要学潘玉良。潘玉良，听说过吗？同你一样有过一段不幸的经历，但她跳出火坑发愤要做一名画家，后来果然震惊了世界画坛……

诗人还有好多好多的话要说，但电话却突然咔嚓一下子断了。诗人心里猛然一阵收缩，仍紧紧地抱着话筒，一遍一遍地呼唤着什么。

（载《微型小说选刊》1998 年第 9 期）

坠落过程

吴万夫

那天，她从菜市场买完菜回来，走到距离自家楼房的马路那边，突然看见 3 岁的儿子正爬到没有栏杆的阳台上。

那是一幢三层建筑物。按最迅捷的速度计算，从楼下跑到楼上，尚需一段时间，何况她当时还在马路的这一边，根本没有选择的余地去抱下儿子。

她的心猝然悬在嗓子眼儿，紧张得窒息了一般。她清醒地意识到儿子一旦跌下来的最终结果：即使不摔成肉饼，也会摔个头脑迸裂！她像一尊泥塑木雕，立在那里痴傻了一般。

在她看见儿子的同时，儿子也惊喜地发现了她。她下意识地摆摆手，示意儿子赶紧爬下阳台，离开危险地带。

可是儿子错误地理解了她手势的意思，做一个拥抱的姿势向她扑来——儿子一脚踩空，跌了下来——

"儿子——"

在那一瞬间，她的一声杜鹃啼血式的尖厉呼喊，宛若鹰隼的长喙，扎破了所有人的耳膜；又如一只小鸟，扑打着银白色的翅膀，箭一般划破了城市的晴朗上空。所有的行人和车辆，立时便都像患了一过性的意识丧失，刀切般地定格在那里。就在这短短的时间里，人们似乎都看见了她的儿子所处的绝境。有人痛苦地闭上了眼睛；有人眼睁睁看着她的儿子在空中划一道优美的弧线，若一只翻飞的小燕子，倒栽着跟头跌下来。人们知道那个场面将惨不忍睹，个个都埋下了头。

但谁也不会想到，就在他们闭上眼睛的一刹那，有一道黑色的旋风，从他们眼前呼啸而过，绕过所有的障碍物，穿过一条十几米宽的马路，向她的儿子坠落的地方冲去。

当人们反应过来的时候，发现她正跌坐在地上，3岁的儿子在她的怀里哇哇大哭。

儿子安然无恙。

她却脸色惨白。

好奇的人们纷纷围拢上去，问长问短。有的惊叹不已，有的表示怀疑。因为按照距离和坠落速度，她根本不可能赶到并稳稳接住。可是当时的现场，除了她又没有第二个人——不是她，还会是谁呢？

当人们再三询问时，她却嘴唇乌紫，汗珠涔涔，蓦然晕厥过去。在众人的积极抢救下，她才苏醒过来。

人们坚信她救下儿子是确定无疑了。

多少天来，人们一直对这件事情非常感兴趣，街谈巷议，沸沸扬扬。

后来，市电视台知道了这件事，决定以"母子情"为题，拍摄一部反映社会伦理教育的片子。

导演循着人们提供的线索，找上了她的家门。只是再三央求，却遭到她的满口拒绝。导演又提出给她一笔丰厚的拍摄酬金，她仍是闭口缄默。街道居委会的人也对她进行苦口婆心的劝说，她思忖良久，才没带任何条件地答应下来。

导演请来了特技设计师，依照她的儿子制作了一具形态逼真的模型。可是在投拍的时候，怎么也达不到预期效果。尽管她拼命冲刺，气喘吁吁，总是在模型坠地后好长时间才能赶到。导演很着急，试拍了几次都没有成功。后来干脆又找来一名运动员作为她的替身演员。但运动员使尽浑身解数，仍是不如人意。

人们永远没有看见那个真实的坠落过程。

（载《微型小说选刊》1998 年第 12 期）

出租诗人

李景文

诗人胡畔，一看名字，就知道最崇拜英国湖畔派诗人，写了无数的爱情诗，但并不出名。这年头，爱情诗能值几文？何况是无名之辈。连那3岁娃娃都能哼上两句的《十五的月亮》，人们不是常常苦笑着说"十五的月亮十六圆（元）"吗？

诗人胡畔，首先是人，也要食人间烟火的，诗不值钱，他十分苦恼。

诗人胡畔，不是一般的人，他爱构思爱琢磨。礼仪小姐能出租，弹钢琴的、唱歌的，能离开神圣的音乐殿堂到歌舞厅里也算是一种出租。为什么诗人就不能出租？！

于是，胡畔在报纸上自拟一则广告：

　　爱情诗大王　胡畔

　　自愿出租

果然，当天就有一位姓时的女人打电话来，说她需要租一位诗人，报酬以小时算，比以前写诗赚的稿费高出百倍。这么个算法，不用多久诗人就会发财甚至可能成为富翁。这是诗人原先所不敢奢想的。他自然很爽快地答应了。

第二天快到中午的时候，姓时的女人亲自驾着车，把诗人胡畔接到城中最高档的饭庄，与之共进丰盛的午餐，然后又亲自把诗人送回家，并不多说什么。如此三日，诗人胡畔再有修养再有绅士风度他也憋不住了，问，时小姐，不必客气，有什么事您尽管吩咐，我很乐意为您效劳。

谢谢！时女士口吻非常客气地打断胡畔的话说，诗人，您已经开始工作了。然后就不再说什么将他送回住处。

又接着三日，姓时的女人每天都把诗人接到海滨浴场，洗过海水浴，吃过生猛海鲜后就又把诗人往回送。路上，诗人胡畔困惑地问，时小姐，您是不是觉得我很穷酸，可怜我同情我？没有的事。时女士边驾车边说。尊敬的诗人阁下，我要的就是与您相处的这份独特的感觉。比如，世俗的人们都戏称姐儿们这类老公做跨国贸易的角色为……留守女士，诗人您却称我为小姐！唉，不一样就是不一样！

又连着三日，欢喜诗人称她为时小姐的女人，每晚都驾车把诗人接到国际俱乐部富丽堂皇的舞厅跳舞。在点着幽幽烛光的高级包厢里，诗人胡畔诗兴忍不住要发作，不禁脱口说，尊敬的小姐，我真想为您朗诵一首诗献给您！

这就不必了，朗诵我难道不会找演员吗？时小姐把手伸给诗人说，你不觉得我俩正合写一首诗吗！

诗人大为感动，噙着泪水握住了时小姐伸过来的手……

第九天跳过舞吃过夜宵后，时小姐的豪华轿车没有像往常一样把诗人送回去，而是一下子将诗人拉到了她自己在郊外的豪华别墅。

我想请您专门为我写一首爱情诗，但没有爱情的体验怎么行？时小姐醉眼蒙眬，指着价格昂贵的水床说。

诗人如梦方醒，诗人觉得屈辱。

您这就……时女士露出薄如蝉翼的纱裙，笑得无比妩媚。亲爱的诗人，我提醒您，您的租金一分钱还没有拿到呢！

诗人愤怒了，严词痛斥拒绝。

后来，一位署名胡叛的诗人写的叙事长诗《被出租的诗人》在《诗刊》上发表了，冷寂多年的诗坛为之轰动……

（载《微型小说选刊》1998 年第 14 期）

一斤小麦

土壤是个孝子，事事依爹。

可土壤的终身大事不该依，偏也依了。在他眼里，爹在爹那辈中称得上庄稼好把式，一双粗糙的手，无论穷年苦月，都捣得家中坛坛缸缸"流油"。娘也因此总顺着爹。那年土壤二十岁，媒人来提亲。爹说行，娘也点头。

媒人就领着姑娘来了，姑娘十九岁，齐土壤肩高，清瘦，面黄唇白。家住岩上，姓许。

娘看看爹，爹却把媒人请到一边问："许姑娘有病？"

媒人笑了："这紧日子里熬的，还有几个唇红齿白的？！"

许姑娘留下吃了饭，土壤家过了礼。

半月后，许姑娘携了媒人来土壤家借粮。媒人圆话："许姑娘家是咬了牙才来的呀。"

爹对娘说："这名义上是借，还能叫她许家还？"

娘点点头，看一夜眼色，爹才同意过30斤小麦。

第二天一早，爹拉着媒人再三咋呼："30斤！"

许姑娘很激动，背了麦子就赶路。到家复秤，29斤，怎么复怎么也29斤！少一斤，真抠！许姑娘来土壤家的腿从此沉了，除非逢年过节土壤去接。来了，也顶多歇个晚上就走了。

爹说："许家又穷又硬，算了算了。"娘不吭声。

来年，许姑娘如期来还小麦。依然没久待。

爹找来秤一复，怎么复怎么也只有29斤！少一斤？爹看看娘，就狡诈地笑。娘没有笑。

土壤和许姑娘的事后来就了清了，媒人也没多言。

转眼，土壤二十三岁，又有提亲的来，还是那媒人。

姑娘来了，是夏家沟的，人比许姑娘高大，气色却好不了多少。这回媒人先打预防针："粮食一催，准水灵。"

"开口就粮食？"爹说，"算了，土壤还年轻。"

年轻吗？一晃土壤就二十四五岁了……

农村富裕了。土壤家不仅粮食的优势一夜没了，而且来提亲的也没了。周围的小兄弟都抱上娃儿了，土壤还没找上对象。

娘也无话。爹不信邪，把心思放在改善自家住宅上。

土壤配合爹，成天在自家地里甩泥坯。瞧，他家几间泥坯房转眼变成了大瓦房；大瓦房又变成砖房；砖房变成楼房……山大招风，树大招鸟。土壤家别说招凤凰，连麻雀都见不着。

土壤的妹妹一个个出嫁，最小的尾巴也成家了。土壤跟村里人出远门又回来。爹老了，佝偻了；娘哭娘怄，双眼也半瞎了。

村里杨家有个姑娘"秋风癫"，又好了。好心人劝土壤爹让土壤把杨姑娘娶了也添房人。娘哭着应着，老泪纵横。

爹也老泪纵横："那病到秋天还会犯的。"

那病的确是要犯的。可杨姑娘不等土壤家拿主意，就托媒嫁给了邻村的一个木匠。后来生活正常，三秋过去还没见闹病。

土壤过四十岁了。很后悔。不再听爹的，是泡狗屎也要了。爹也后悔："土壤上门也行！"娘傻傻地笑。

真有人放话，岩上有个寡妇，拖儿带女，不嫁，只招。爹托去的媒人回音："女方同意，不过有一个条件。"

爹说："说说，别说一个条件，一百个我们也答应。"

"彩礼要三十个红包，每个红包里装一斤小麦。"

"一斤小麦？"爹傻愣了，颤抖着问，"女方姓啥？"

"姓许。"媒人说，"大哥呢，女方要求不算高吧？"

"许姑娘！不高不高。"土壤爹和娘含着热泪点了头。

择了个吉日，土壤就去了，背一大包袱，像出远门……

（载《微型小说选刊》1998 年第 15 期）

钱　案

张晓林

围镇文人圈子里，许可染先生算得上半个收藏家。

中国文人，多少都有点收藏的癖好。字画瓷器，钟鼎尊彝，草根怪石，根据各人的口味，嗜好不一。

许可染先生喜欢收藏古钱币。

他在一篇笔记中说，古钱币虽小，却是一部浓缩了的中国通史。战国时期楚国的鬼脸钱，汉代的白鹿皮币，唐代的飞钱，北宋的交子、钱引……随便拣出一枚，都足够你玩味再三的了。

这就是学问。

中国的学问真不好做。

单是在古钱上做学问做出影响来的，前后就不下 1280 人，他们都曾著书立说传世。南宋洪遵著《泉志》，是钱学的开山鼻祖；元代马端临著《钱币考》；明代董逎著《钱谱》；到了清代，做这门学问的人就更多了，名家如过江之鲫，数都数不过来了。民国初年以后，还出现了研究古钱币的学术团体，如上海的"中国泉币学社"等。这个时期，著书大家首推丁福保，他六年中出版了十四种有关古钱币的谱录，其中《古钱大辞典》《历代古钱图说》，最负盛名，对后世影响颇大。

闲话少说。由此可见，在中国做学问，确如攀缘古之蜀道：难哉！

可还是有一些人不怕难，不求发财，不愿做官，只痴心学问。

许可染先生算一个。

许可染先生收集的古钱币，有不少是难得的佳品。王莽时期钱中珍品"六泉十布"中的六泉，他就占了五泉。像这样的古币，转手就可以卖上很高的价钱；或者献于当权者，亦能谋取一官半职，也算进仕的一条终南捷径。但可染先生是个典型的文人，他不屑干这样的事。他曾作诗云："富贵穷通付逝川，摩挲考订不知年。"可见其志趣。

许可染先生有一个愿望，有生之年完成他的集百家之长的钱币学专著《泉布统志》。

在圉镇，可染先生是进过高等学堂的。进过高等学堂的，圉镇还有一人，这人便是胡可鲁。可染先生退隐故里，专事学问，胡可鲁却走了另一条道：他在官府谋得了一桩差事，成了雍丘县衙里的官员。在这之前，可染先生和胡可鲁还算得上深交，二人来往频繁。那时候，胡可鲁还在圉镇教私塾，家境困窘，可染先生没少资助他，胡可鲁对可染先生很是感激。后来，胡可鲁就到雍丘谋事了，二人来往渐稀。

一日，胡可鲁带着一个人来拜访可染先生。那个人戴着一副墨镜，头发溜光，镶着两颗大金牙，看上去很气派。胡可鲁介绍说：这是郝专员，也喜欢古钱币，是来讨教的。

可染先生对他们很冷淡。

看了可染先生的部分收藏，郝专员的眼都发绿了。

不久，可染先生被捕入狱，但不知是何罪名。过些日子，可染先生就病死在狱中。

一些人去抄许可染先生的家，谁知竟是四壁皆空。

可染先生膝下原有一个千金，叫淑月，聪明异常，可染先生死后，她也不知所终了，听说让人卖到了青楼。

过了两三年，胡可鲁的官职一直没有得到升迁，他有些闷闷不乐，常有怀才不遇之叹。这一天，他在县衙门口溜达解闷，见一拐角处热闹非凡，遂走过去：竟是一少女在拍卖古钱币。

那些古钱币皆属钱中珍品。

胡可鲁大喜，尽数买了下来。雍丘县长正要调往他处，胡可鲁早瞅准了这个位置，可惜一直没有门路，眼下机会来了。在开封坐镇的日本最高指挥官阿男大原，少时在北京城待了数年，也是个古钱迷。胡可鲁想把这些古币献给阿男，捞个七品县令的乌纱戴戴（这个七品县令，当属伪官）。

买下古币，胡可鲁觉得那卖币少女有些眼熟，却一时想不起她是谁来。

胡可鲁把这些古钱币装进一个精致的小匣内，找渠道送到了开封。胡可鲁做起了升官梦。

可是，等待他的却是阿男签署的一张枪杀令。

胡可鲁蒙了。行刑那天，胡可鲁恍惚又看见了那个卖币少女，那少女两眼迸着怒火。胡可鲁心头一凛：这很像许可染的掌上千金淑月呀！

隔两日，传出一则奇闻：雍丘县官员胡可鲁，向阿男献古币一匣，次日，阿男请各界名流赏玩，不想启开来竟为一匣冥币……

还传，可染的千金淑月被卖与青楼，不堪受辱，已于数日前悬梁自尽。

这就成了一桩悬案。

（载《微型小说选刊》1998 年第 17 期）

战争谜语

戴　涛

　　我写小说从没想过要树个什么标志，逮着啥写啥，所以有评论家说我的小说是人间百态，我也挺受用。可细心的朋友稍一留神，就会发现我的小说题材竟然缺了一个大类，那就是与人类相伴至今的战争。

　　说老实话，本人虽没亲临过战场，可要想编一两个打仗的故事还是跟玩似的。记得几年前的一个星期天，我随妻子回娘家，把岳父岳母乐坏了，尤其是刚离休在家的岳父，见我来了第一次亲自跑到街上买回了一瓶洋河大曲，然后郑重其事地对我说，咱俩对半开。

　　碰了几杯，不苟言笑的岳父大人脸色红润，竟滔滔不绝地跟我说起他的过去。他从 14 岁参加新四军说起，说到解放战争南征北战，全国解放"三反""五反"，大炼钢铁，直到"文革"登上革命干部赴黑龙江插队落户的火车……岳父的经历可谓曲折生动丰富多彩，极有可听性，我一边津津有味地聆听，一边不住地偷偷盘算着，这不是上好的小说题材吗？

　　一瓶酒喝完了，岳父说，咱们晚上接着喝，我说不了，我晚上有事，其实我晚上的事就是想把刚从岳父嘴里听来的故事编成小说。当天晚上，我躲进书房将岳父的革命历史琢磨了一遍，感觉解放战争初期，岳父所在的某部独立团为了牵制敌人，与国民党的一个王牌军在大山里捉迷藏，直至将比自己多六七倍的国民党军队拖垮并消灭于大山之中，这段经历最有戏，写出来既弘扬正气，又补了战争题材的缺。于是我用了两个通宵，写成了近万字的战争小说，我将小说取名叫《战争游戏》。

写完了这部小说，我接连兴奋了几天。转眼又到了周末，我对妻子说，你爸离休在家也怪冷清的，明天我们再去看看他如何。妻子很感动，其实我内心是想向岳父大人展示下我的得意之作，同时捎带着再骗顿酒喝喝。

到了岳父家，岳父又显出很开心的样子，他又乐颠颠地跑出去买了洋河大曲，还说对半开。几杯酒下肚，岳父的脸色又极红润，又说要说说过去的事。我赶紧从口袋里掏出了小说稿说，爸，我根据您说的经历写了篇小说，您给看看，提提意见。岳父放下手中酒杯，便一字一句读起来，读着读着两道眉毛不知怎么就拧到了一块儿，喘气也粗起来，终于他抬起头来用非常冰冷的语气问我，我跟你说的故事里有向导吗？我说，没有。

那你写的小说里怎么弄出个向导来了，嗯？

我连忙解释说，爸，写小说是允许虚构的，只要这些虚构是合情合理的。您想，你们当时为吸引敌人，千里挺进，到了一片从来没有到过的陌生的大山，当然应该找一个当地的向导，这样既有利于同敌人周旋，又可体现军队人民的鱼水关系。

胡扯！岳父握紧拳头猛击在桌子上，酒杯里的洋河大曲被震得四溅，我被岳父这突如其来的举动惊呆了。这时岳母跑过来了，她对岳父说，老头子，好好地喝酒，怎么发起酒疯来了？妻子也过来了，说，爸，您怎么可以这样呢？岳父一言不发，两眼紧闭，原来红润的脸竟一下变得极难看。

妻子悄悄地对我说，你先回去，我劝劝爸爸。我便仓皇撤退，回到家蒙头就睡。当我一觉醒来时，妻子刚好从娘家回来，我急忙问妻子，爸究竟怎么了？妻子说，爸哭了。

爸哭了？我感到非常吃惊。

爸说又想起了那些牺牲的战友，一个团几千号人哪，等到冲出敌人的包围圈走出大山时，只剩下二百多人。

怎么会这样呢？爸不是说胜了？

爸说难道说被打败了，而打败的原因也许仅仅是因为那个向导？

向导？这么说我在小说里写的向导不是虚构的，确有其人，那老爷子还发什么火呢？

是啊，我也这么想，我就问爸，起先他怎么也不肯说，后来他又要我发誓，说听完以后一定要保守秘密。

快说呀，难道还要对我保守秘密。我催促妻子。

爸说，他们部队走进那片大山时，遇到一个农民正在地里挖红薯，他们就请他做向导给部队带路，那个农民就带他们走了一天一夜，翻过了两个山头，然后农民说我要回去了，你们就沿着前面那条道一直走下去。到了第四天的傍晚，当部队走到一条山谷里时，突然枪声四起，爸他们的团跟国民党的那个军队遭遇了……

难道向导给国民党的部队也带了路？

爸说怎么会呢，他可是个地道的农民。

可国民党军队为何这么快包围了他们？

爸说这是他们这些幸存者心中一直耿耿于怀却又无法解开的谜。

我不由得陷入沉思。

这时妻子又说，爸让我给你带句话，爸说你永远也无法懂得战争，包括他自己。

（载《微型小说选刊》1998 年第 18 期）

青梅竹马

赵文辉

童年。

他穿着红肚兜，留个小"茶壶盖"，骑着一根竹竿，"驾驾"，在院子里转圈。她也穿着红肚兜，跟在后面拽住小竹竿，嘴里"驾驾"喊着赶"马"。又玩"过家家"，从屋里拖出棒槌，还抬出一只枕头，当他们的小孩。她捶衣服，他哄"小孩"。两张脏兮兮的小脸，满是天真。

少年。

老师布置背诵《天上的街市》。她亮开嗓子，"远远的街灯明了……"，同桌的他嫌吵，先用手捂住耳朵，后扯开嗓子念，以吵攻吵。还是她的嗓子响亮，压住了他。他命令她默念，她不听，依然摇头晃脑。他恼了，照她后背咚咚就是两拳，她哇的一声大哭，跑去告诉老师了。放学后，他去扎杨叶，筷子一头削尖，另一头系一根麻绳，杨叶穿满了，子弹袋一样背身上扛回家沤粪。她一蹦一跳跟在后面，也拿了一根筷子，左一声"庆哥"，右一声"庆哥"，挨打的事早就忘得一干二净了。

十六岁。

他考上了卫校，她考上了县一中。农村兴早恋，他爹托人去提亲，她娘说没意见叫俩孩子恋爱吧。报到的前一天晚上，两个人去村头小路上谈恋爱。萤火虫忽明忽灭，她捉了，用一只空笔管盛进去，说要带回枕边。其时正值深秋，野虫唧唧，月色烂漫，两颗心被一种淡淡的柔情融化了。他问："啥是恋爱呀？""恋爱就是两个人好吧。""啥是好呀？""好就是跟小姑和姑夫一样。""咋样？"他又问。她害羞了，说"不告诉你"。他揪住她的胳膊，胳肢她，让她说。她咯咯笑着，就是不说，还反过来胳肢他。两人无邪的笑声洒满了那个空蒙的秋夜。

十九岁。

他从卫校毕业，被分到县医院工作，她考上一所师范学校。两人去县城看电影，他骑车带着她。回来时天已黑了，她就搂住他的腰。到了村口，两人都磨蹭着不想回家。支好车，她偎在他肩头不说话，他闻到一种新鲜的毛茸茸的女孩子的气息，心怦怦直跳。他鼓了很大勇气，双手捧起她的脸，颤颤的声音"青妹——"。她应了，轻轻闭上眼睛仰起脸。然而半天不见动静，睁开眼，他还在迟疑着，她羞得转身跑去。他好后悔。这一年冬天，她带来一个穿白色运动鞋背画夹的"长发"，告诉家人说是男朋友。他也从医院领来一个"大辫子"，说是他的女友。两家老人齐叹气，说这哪是哪呵。

二十四岁。

她学业非常优秀，却放弃了留校的机会，坚持回县城教书。一次去医院看望一个病人，碰见了穿白大褂的他。两人眼睛同时一亮。他请她去宿舍喝杯水，她没有推辞。他的宿舍简直一片狼藉，生了一个煤球炉，做饭的案板上碎菜叶面粉沾了一堆。他倒了一杯水，她没有喝，她问："嫂夫人呢？"他苦笑一下："我哪有夫人？那一年见你谈了朋友，一气之下，就找了一个同事冒充女友。"她听了心里也苦笑一下："什么男朋友，我们只是一般同学，我心里生你的气……我一直没谈朋友，这几年，心里总觉得有块石头压着。""我也是，心里憋得难受。"两人不再说话，一阵沉默。后来她就起身整理那些书籍，冲洗案板上的污渍，又把一堆脏衣服按进脸盆里。当她哗哗放满水，卷起袖子要洗时，他喊了一声"水凉"，就握住了她一双手。四目相对——

"庆哥！"

"青妹！"

她扑进他怀里，忍了很久很久的委屈，终于随着嘤嘤的哭声释放出来。

（载《微型小说选刊》1998 年第 20 期）

救 命

白小易

　　面前的一大堆信件似乎要考验贺迪嘉的耐心，也使他有充分的选择自由。他选了一个浅粉色的信封。落款的地址是 XX 市美伦大学中文系 95（2）班。字迹清秀优美，还有一种柔弱感，似乎毫不掩饰寻求依傍的愿望。

　　信打开之后有一股淡淡的香味。他的精神为之一振。

　　贺迪嘉：

　　　　别在乎对你直呼其名。我真不知道该怎么称呼你。叫叔叔，感觉你怎么也不属于父辈（35 岁不会有 20 岁的女儿吧？）；叫老师，似乎又把你推得太远（从小学到大学，还从没有任何一位老师像你一样让我崇拜）；叫哥哥，肉麻得脸热心跳（你究竟有几个好妹妹？）。平日默念你名字的时候，总是干干净净的贺迪嘉三个字。所以，便也这么叫你了——管你愿不愿意呢。

　　　　其实我并没有给作家写信的习惯。这是一次例外，也不要求你回信。说来挺简单的，看了你的书，就想告诉你，我喜欢。

　　　　请你别得意。我最主要的目的是向你问罪——你的书让我熬了整整两个通宵。女伴们又不许我点灯，我只好在蚊帐里燃蜡烛，真担心我可怜的小眉毛。

林雯雯

XX 年 X 月 X 日

　　贺迪嘉拿着这封信，半天没动地方。读者来信他已经习以为常，他不但不会逐一拆阅，而且几乎从不回信。应该说他很平静，但他脸上荡漾着的那种幸福涟漪却是绝对不多见的。他的那副艺术的大脑正在勾画一个女孩子的形象：漂亮——这是毫无疑问的，也是想象的基础；聪明——信中的言辞处处闪烁着智慧的灵光；善解人意——虽然对他的书只有轻描淡写的"我喜欢"三个字，听起来却有雷霆万钧之力。这个"喜欢"，说明她读懂了。气质高雅——给作家写信的哪个不是为沾点名人的光，起码也会要求一个签名吧？可这女孩儿全无这些俗念，只是因为"我喜欢"。这干干净净的喜欢也就愈显珍贵了。

　　他提笔写了封回信。

　　当贺迪嘉的信飞越千山万水到达美伦大学中文系 95（2）班的时候，差不多全班男生都像过节一样欢喜。他们争抢着这封信，簇拥在一起撕开了信封。毕竟抢看的人太多，里圈的人就念给大家听——

　　"'雯雯小姐'，噢！太肉麻啦！"

　　"别起哄，快念！"

　　"'看来你是个幸运的女孩儿——我不是每封信都看的，不过今天在一大堆信中一下子就挑出了你的信。它无疑有种让人不能割舍的魔力。

　　"'往常我写东西的时候，时常会有一种困惑：我为什么要写？写给谁看？假如我早一点知道我拥有你这样的读者，一定会写得更多更好更甘心。透过信笺，我看见了一个灵光四射的女孩儿。我敢说，只要你愿意，将来的文坛上，雯雯一定是个响亮的名字。

"'也请你最好不要回信，因为我发觉我忍不住要爱上你了'……下边是签名了。"

"太来劲了！忍不住要爱上我们了——都忍不住了！"

"他怎么这么容易上钩？"

"那还用说，他一定寂寞多时了。"

大伙呛呛了一通，认为作家的意思跟他们当初一样，也是迫切企望看到回信的。就你一言我一句地又凑了许多话，仍由字迹像女孩儿的小郦誊抄在刻意挑选的信笺上。署名略有变动，精简成"雯雯"，依然是集体智慧。最后还跟女生"借"了香水轻轻喷洒，这才寄出。

多数女生以无所谓的心态看热闹。一小部分女生特别开心，甚至跃跃欲试要参与进来，使男生们觉得有假戏真做的意味，坚决排斥。另一小部分女生则很愤慨，斥他们"变态"，并且很替贺迪嘉抱不平。

而且为了继续这游戏，再次恳请作家不要再回信了："……您已经成了名作家，而我能不能通过本学期的考试还不一定呢。"

奇怪的是，这一次真的再没接到作家的回信。大家开始议论纷纷，追究到底是谁的哪句话说漏了或是说过了。那些替作家抱不平的女生倒安心了，也打消了写信去揭穿骗局的心思。过了个把月，大家都把这件事渐渐淡忘了。

有一天课间的时候，一个成年男子忽然出现在他们的阶梯教室里。

"请问，林雯雯小姐在吗？"

这有点儿苍白的异地口音在突然静寂下来的大教室里回荡着。其实大家刚才只差一点儿就会爆发出狂风暴雨般的哄笑，但是不知为什么它竟在一刹那间烟消云散。

"这里是九五级吧？我找林雯雯啊。"

那个孤零零站在门前空地的人——所有的同学都知道他是谁——眼巴巴地望着座位上的大学生们。他的目光散乱地投向各个方向的几十位女生。

教室里越发寂静了。

这玩笑开得未免太大了……他们大概在这么想。只是，这怎么收场呢？

有一个女生挺身而出了。她款款走下台阶，轻轻地挽起那位作家的手臂。

"贺老师，你终于来了。"

同学们从贺迪嘉的表情看出这女孩儿很符合他的想象。他们一起出去了。

教室里顿时炸了锅。

到晚上9点多的时候，他们才再次见到那个女生。

"他走了。"她容光焕发，却显得如释重负。面对同学们充满好奇的目光，她只得再多提供一些情况：

"他说我是个谜，一个永远猜不透的谜。"

（载《微型小说选刊》1998年第21期）

桌　缝

白旭初

　　蔡小海一来工商所就发现他的办公桌与众不同：别人的办公桌是崭新的，光亮的油漆可照见人影儿；他的办公桌，油漆斑斑驳驳不说，还有一条食指宽的缝隙把桌面分成了两半。蔡小海自恃是局长安排来的，毫无顾忌地嘟哝道："这桌子的年岁只怕比我还大。"这话被所长听见了，所长说："将就用几天吧，以后给你换张新的。"

　　蔡小海虽初来乍到，却有点儿权。个体工商户办理营业执照或缴纳工商管理费，都得找他。蔡小海嗜烟，来办事的人见了，都给他敬烟。烟都是"红塔山""芙蓉王"等好牌子的。常常是嘴上的烟还燃着，一支一支烟又递过来了。桌上的散烟很多，蔡小海不停地抽也抽不完。所里其他人见了，便拿去抽。蔡小海觉得怪可惜的。

　　有一天，一支烟被电扇一吹，竟骨碌碌滚入桌缝。这一发现令蔡小海好高兴。之后，桌上只要有了烟，他就趁人不注意，用手指轻轻一拨，一支支烟便不显山不露水地从桌缝落到抽屉里。下班后，把散烟装入空烟盒，带回家去，于是蔡小海便不用花钱买烟了。有几回，蔡小海发现抽屉里除了散烟，还有舞票、电影票和购物券等。想是个体户趁他不在，从桌缝塞进去的。蔡小海常常注视着长长的桌缝，觉得它妙不可言。

过了两个月，所长才想起换桌子的事，他说："小蔡，给你换张新办公桌，我陪你去商店挑选。"

蔡小海连忙说："不用了。"

所长说："早该换了。"

蔡小海说："真的不用了。"

所长笑笑说："莫不是换迟了，不高兴？"

蔡小海说："旧桌子一样用，蛮好的。"

所长想了想，满意地笑了。

蔡小海来工商所不到半年，年终评比时，被破例评上先进工作者。所长特地表扬了蔡小海，还反复提到办公桌的事，要求大家学习蔡小海勤俭节约的好作风。

春节前夕，工商所筹资兴建的水果批发市场建成了。市场离车站、码头都很近，是经商的黄金地段，摊位紧俏。一天，一个个体户来到蔡小海桌前，把两盒"芙蓉王"啪地丢在桌上，说："抽烟。"蔡小海："别这样。"来人说："一支支敬也是抽嘛！"这人常来缴工商管理费，蔡小海犹豫了一下，就把烟收下了。来人说："我想买个摊位。"蔡小海便带他去找所长，所长二话没说就答应了。

这个个体户很是感激，之后每次来工商所办事，都要在蔡小海桌上放一包好烟。其他个体户见了，也跟着学。蔡小海一推辞，他们就不屑地说："如今抽包烟算个卵事呀！"蔡小海心想也是。

蔡小海的烟真的抽不完了，便带回家给父亲抽。虽然办公桌上偶尔也会有几支散烟，但他已不屑一顾了。

蔡小海和管区的许多个体户混熟了，个体户常开玩笑说："蔡同志，你真勤俭呀，还用这样的破办公桌。"蔡小海不以为意，笑着回敬说："破桌子上还不照样开发票，收你们的钱！"个体户又说："要不，我们赞助你一张新桌子。"这样的话听得一多，蔡小海便觉得这破桌子是该换了，再看那条龇牙咧嘴的桌缝，也怪扎人眼睛。于是，蔡小海找到所长，说桌子越来越不平，影响写字，终于把桌子换成了新的。

所长从局里带回来两个不大不小的镜框，挂在两个办公室当面的墙上。是"十不准"规定。"十不准"是黑体字，十分醒目，像监督岗哨注视着每个人。

蔡小海心想那一盒盒好烟是再也拿不得了。一包好烟值十几元或几十元呢。个体户都贼精，几次给蔡小海整盒烟都被拒绝后，才知是工商干部整顿作风动了真格，便也不给蔡小海添麻烦了。

于是，蔡小海的办公桌上又只有横七竖八的散烟了。一时抽不完的散烟，蔡小海只能趁无人时，一支一支放进抽屉里。一天，蔡小海往抽屉里放烟时，碰巧被那个找他买过摊位的个体户看见了，蔡小海脸上顿时一热，觉得十分尴尬和丢人。

望着油漆光可鉴人的新办公桌，蔡小海真希望那上面生出一道缝来。

（载《微型小说选刊》1998 年第 22 期）

生死回眸

蔡　楠

　　一片枯黄的落叶从地上飘起，生长在那光秃秃的枝头，枝头回黄转绿，叶片变得青翠饱满，春雨袭过，嫩芽初绽。在这篇小说里，我们假定时光倒流。

　　一个生命被子弹洞穿，凋谢在刑场上。透过血痕，我们看到杜君的生命像那片坠落在地的枯叶重又飘起。渗进泥土里已经板结的血块开始变得鲜活，重新聚拢回到他的体内，伤口结痂，杜君坐起、站立，走向来时的路。

　　杜君从两名警察手中挣脱，离开公判大会会场，回到了监所。头顶上窄小的窗口挤进了几丝光线。他咀嚼着每天只有两顿、每顿只有两个的窝头，难以下咽。他想起了迟志强那著名的歌词："手里呀捧着窝窝头，眼泪止不住地往下流。"杜君就真的流出了眼泪。

　　你现在流眼泪还有什么用？在审理杜君一案时，县纪委书记气愤而惋惜地说，你是多么年轻呀！

　　是呀，杜君很年轻，在被任命为县农行主管业务的副行长时，他才三十一岁。三十一岁，金子一样闪光的年华。他真想干一番事业。然而，这个世界对人的诱惑太大了。忍受清苦去奢谈事业必须有超凡的克制力和忍耐性。面对金钱、美女、汽车、洋房的拥抱，杜君眩晕了。一切的一切开始于那次单位盖办公楼。一个建筑队的包工头叩开杜君的家门，送上了一套精美的挂历，更加精美的是挂历里卷裹着的五万元人民币。主管办公楼基建的杜君在那个晚上失眠了，两个杜君打了一夜架，一个杜君要把钱交还包工头，另一个杜君死活不让。结果杜君采取了折中的办法，用妻子的名义将钱存入了另一家银行。不久，工程落入了这个包工头手中。接下来的事情杜君不再失眠。一家企业来请，酒足饭饱之后，将杜君拉进了桑拿浴室，筋酥腿软之后又塞给了他两条香烟。杜君回家一看，每根烟卷都是一张百元钞票。第二天，杜君大笔一挥，批了三百万元贷款。其后便是那个港商找上门来。港商要与杜行长做一笔钢材生意，将杜君带到了香港，五日游后，一把别墅的钥匙攥到了杜君手里。作为回报，杜君挪用了八百万储蓄存款。后来呢？就是刚盖好的办公楼坍塌了一半，三名职工被埋在了楼下。后来呢？就是贷款追不回，挪用的存款没了踪影。再后来呢？就是东窗事发，纪委查处，移交检察机关，杜君进了监所。

在监所里，第一个来看杜君的是他中学时代的班主任，两鬓斑白的班主任什么也没说，只是颤抖着把一张发黄的纸交给了杜君。杜君打开那张纸，是他的入团申请书，右下角那片殷红仍清晰可辨。

杜君回到了美丽的校园。杜君开始了中学生涯，勤奋好学的杜君写了入团申请书。当杜君得知第一批发展团员的名单没他的名字时，他重新写了申请书，并咬破中指，签了名，将它交给了团支书。杜君终于戴上了团徽。杜君在"五讲四美"活动中被评为"先进标兵"，他将拾到的一百元钱交还了失主……

家在农村的父母来了。他们带来了一个大帆布兜。父母说，儿啊，尝尝你小时候最爱吃的煮玉米和烤白薯吧！面对年迈的父母，杜君以头抵地，跪倒尘埃。

杜君走在家乡的田野上。杜君随着父母去生产队劳动。他看到一群小伙伴挖了白薯，掰了玉米，便尾随着他们。秋深似海，田野寥廓而神秘。一股浓烟袅袅升腾，伙伴们欢呼雀跃，他们在烤玉米、烧白薯。杜君咽了口唾沫，坚决地一转身，跑回大人们劳作的地里，把这事报告给了生产队长……

夏夜闷热而漫长，杜君趴在父亲的膝上，听父亲讲侠女十三妹的故事，母亲给他赶着蚊子，听着听着，杜君睡着了。睡梦里，杜君越来越小。杜君咿呀学语、蹒跚学步。杜君满地乱爬，嗷嗷待哺。杜君随着母亲的一声泣血的阵痛，降落到这个世界。

此时，一场春雨刚刚润绽院内那片柳芽。

（载《微型小说选刊》1998 年第 22 期）

硬覆盖

宁春强

老万摇身一变，人模狗样地成了包工头。于是，就常有人跟随在他屁股后，"万老板，万老板"地叫得欢。老万自成了老板后，每每见到我，总要甩甩他那稀疏的头发，很牛气地说："有事呼我！"

我偏偏没事可呼老万。尽管老万偶尔见了我，依旧甩发，依旧嘱我呼他。

老万很潇洒。潇洒的老万，竟把他的工程做到了我家的楼下。一帮人正撅着屁股铺方砖。老万手持大哥大，昂头，挺胸，指手画脚，神气十足。

我近前，与老万握手，老友久别重逢一般。一番寒暄后，方知老万新承包的工程叫"硬覆盖"，也就是把我们这个小区的楼前楼后全铺上水泥方砖。

之后，我几乎天天都能见到老万。一日，下班回家，见另一帮人正在楼后挖沟。沟很深，很长，说是要在沟里铺设煤气管道。看来不久的将来，我们也要用上煤气了。可这沟为何早不挖晚不挖，偏偏等老万铺好了方砖再挖呢？我急忙跑到前楼，去通知老万。

"老万——万老板！别铺了，你们今天铺，用不上两天又被人揭下来，这小区要挖管道通煤气呢。"

老万飞了我一眼，默默地笑，不语。

"哎呀，你咋不知道着急？你看你看，我家那儿不正在挖沟吗？你的方砖白铺了。"我倒真的有些急了。

老万点上一支烟，看看我，又看看我，扑哧笑出声来："都说你们读书人死脑筋，一点不假。咋叫白干了？我铺一平方米，就挣一平方米的钱。至于别人挖不挖沟，与我无关，懂吗？"

我懂了，可又糊涂了："你在前面铺，他们在后面揭，不如等沟挖完了，管子埋好了，你们再搞你们的硬覆盖？"

"你呀你，都像你这么想，我们还挣不挣钱了？硬覆盖被破坏了，是好事，我还有再铺一次方砖的机会吧？一个工程，我干两次，捞两次钱，有何不好？"老万稀疏的头发很牛气地往后一甩，又一甩。

看来，我是狗咬耗子了。"那找你们干活的人，该吃亏了吧？"我一下子成了老万的学生了。

"吃亏？工程包一次他们得一次回扣，包两次得两次回扣，加减法谁不会？"

我真糊涂了。都不吃亏，总有吃亏的吧？那吃了大亏的究竟是谁呢？

（载《微型小说选刊》1998 年第 22 期）

经理的悲喜

汝荣兴

A公司招聘业务员。这天，张经理把一名叫程琳的应聘者约到他的办公室。经过近两个小时既属面试性质又带试探意味的交谈后，张经理很满意，便把事先准备好的1万元现金递到了程琳的面前。

程琳吃惊地说："张经理，您这是……"

张经理笑了笑，说："程小姐请别多心，你已被本公司正式录用，这只是预付给你的第一个月的工资。"

"可是，我还没正式上班呢，再说，即使上了班，公司的招聘启事上说月薪加奖金为三千元，怎么……"

张经理又笑了笑，然后，如此这般地向程琳谈了自己的计划……

半个月之后，在A公司的人才招聘活动宣告结束的同时，时时处处跟A公司争市场抢客户的B公司的同类活动也拉下了帷幕。那天晚上，两家公司不约而同地在"楼上楼饭店"举行晚宴。席间，B公司的杨经理拉着自己的新任秘书兼公关部主任程琳的手，来到A公司的张经理面前，得意扬扬地说："张经理，不知贵公司此次招聘到的人才都是什么层次的。瞧，敝公司这回倒是吸引来了一只刚从大学公关系毕业的金凤凰呢！"

张经理拱手说："恭喜恭喜！贵公司到底是棵枝繁叶茂的梧桐

树呵。"张经理还显得很是失意地问程琳："程小姐难道没有看到本公司的招聘广告吗?你怎么就那么看不起本公司,连试都不来试一试呢?"其实,张经理的心里却要比那杨经理更加扬扬得意……

这之后,事情便完全如张经理所安排和希望的那样,程琳小组先是取得了杨经理的充分信任,接着,有关 B 公司的商业机密便源源不断地到了张经理的手里……结果,仅三个月的时间,A 公司的业务就翻了一番,而 B 公司则关门倒闭。

为此,终于从梦中回过神来的 B 公司杨经理,咬牙切齿地将 A 公司张经理的十八代祖宗骂了个狗血淋头。而稳坐钓鱼台的张经理,则只顾笃悠悠地微笑着:"你尽管骂吧!所谓商海险恶,怪只怪你自己没多长个心眼呢!"

不用说,程琳小姐现在已是张经理的秘书兼公司公关部主任了。令张经理觉得美中不足的,是程琳小姐虽已进了他的公司却还没有进入他的怀抱。这天晚上,在"楼上楼饭店"的天外天包厢专门为程琳小姐设的庆功宴上,张经理明确向她提出了他们俩应该一起去婚姻登记处领张"红派司"的要求,但程琳小姐却一再提醒张经理:"来日方长,你还怕到手的花朵会被别人摘去不成?再说,你目前应该集中精力把公司搞得好上加好才是呢!"

听听,真不愧是大学公共关系系毕业的金凤凰,说出来的话就是有味道够水平!张经理不禁欣喜地感慨着,同时也想:她说得对,反正她早已是我的心腹。眼下,我确实应该再想点办法,争取使公司百尺竿头更进一步呢。

于是,A 公司便将目光瞄准了与之争市场抢客户的 C 公司。只是,A 公司的张经理做梦也不会想到的是他所确定的"新猎物",最终竟是他的"掘墓人"……也不过三个月之后吧,C 公司是大发特发，而张经理却只差点儿上吊或撞汽车……

此后，一张小报上刊登的一则消息，气得张经理也忍不住将C公司的李经理的十八代祖宗骂了个狗血淋头。那消息称，目前，在激烈的市场竞争中脱颖而出，红红火火的C公司经理李利先生，已跟由他亲自送进大学深造、毕业后又在商业实践中大显身手的女友程琳小组正式结为伉俪。

（载《微型小说选刊》1998 年第 24 期）

无中生有

冷 鬼

不知从哪天起，张漂喜欢在妻子面前讲起故事来。常常是夜间洗脚上床的时候。张漂每讲一个故事，心中就溢满了爱意；这爱意是来自妻子那酸溜溜的眼神和语言，他心中常感叹："这可真是感受爱情的最好方式呀！"这不，今晚当一双大脚和一双小脚又在水盆里如鱼儿般上下翻腾时，张漂又讲起了故事："呵！今天办公室来了一个女的，"张漂笑眯眯地看着妻子，舌头不停地打着滚，"20多岁，披着发，挺美的，跟我扯了两个多小时，还不停地拿眼神勾我。""又讲故事了。"妻子打断张漂的话，用小脚使劲地撮了一下张漂的大脚板说，"谁信你的，也不撒泡尿照照自己。"妻子说归说，但嗓音里总有一种酸酸的味道。张漂呢，心里便因此而荡漾着爱情的美意了，得寸进尺地说："喂！你不信，不信就算了，那女人临走时，握住我的手就是不放。"说完，还虚张声势地伸出一只手给妻子看看"痕迹"。妻子气中带爱地伸手"啪"地打了一下张漂的手，说："臭美！别编了！去掉我，没有女人能看上你（心中却说：我老公长得就是俊）。"说着，便弯起葱白一样的食指去刮张漂高粱秆一样的鼻梁。张漂一边摆着头，一边讨饶着说："好好好，不信就算了，不信就算了，当我没说，当我白说。"至此，脚盆里的水就会欢快地跳出来一些。张漂因此沉醉于自己瞎编的故事里，从而美滋滋地进入梦的天堂，用磨牙的方式去回味那酸溜溜的爱情。

又过两天，又是在那个时候，张漂又讲起了故事："今天出差，和一个女的挨着坐，年轻的。"说着用眼睛看着妻子的眼睛，等待那里面的爱情酸溜溜地溢出来。果真就溢出来了，妻子说："又瞎编了，又瞎编了，我不听，我不听！""不听你别听，谁让你听了，我张漂自言自语。"张漂喜欢这样逗自己的女人，"那女的年龄还小我几岁，直挤我。"这时他女人的酸劲上就带着火苗，说："不要脸！就你瞎编在行！小心舌头烂掉！""谁瞎编？那女的还用手掐我屁股呢，不信，我马上脱掉裤子给你验证，还在前边掐出一个又大又长的疙瘩呢。""去你的！不害臊！"于是，脚盆里的水又欢快地跳出了一些，二人很快就滚到了床上，有时脚也顾不得擦了。

日子就在这讲故事中过了一天又一天，不知过了多少天。不知过了多少天之后，张漂的故事就越编越不新鲜了，以至于妻子竟一点也没醋意了。

因此，酸溜溜的爱情也渐次少了。而生活呢，也似乎没有多大改变，白天上班，夜里休息。

然而。

一天，张漂真的遇到了一个女人，女人真的对他很有意思，后来意思越来越浓，最后浓成了醋。这晚，张漂吃了那女人舌尖上的醋回来，心中就有些不安，像小偷见到警察似的。突然，张漂有了灵感：讲故事。于是，洗脚的时候张漂又开始讲故事了："今天碰上一个女人。"张漂说着，目光跳跳地看着妻子。妻子不看他，一声不吭，面无表情。张漂继续说："那女人说来怪，硬要与我亲嘴。""恶心！"妻子白了他一眼说。"真的。"张漂赶紧垂下眼皮说，"信不信由你，反正我如实向你反映了情况。"妻子用脚踩着张漂的脚说："信！信你个鬼……"

这样，张漂心里就踏实了许多。

忽一天，张漂上班时，偷偷地溜出来与那女人幽会，恰巧被出来逛街的妻子发现。妻子便一声不响地跟踪，越跟踪越气，最后气鼓鼓地回到家。晚上，张漂回来后感觉气氛不怎么对头，但由于自己心中有鬼，没好说什么；待洗脚时，气氛仍不正常。张漂就想：讲个故事调节一下吧。于是张漂就努力挤出笑容讲故事，可才讲两句，张漂突然被砰的一声"炸雷"吓得一跳。看妻子时，妻子泪流满面。脚盆滚出很远，水流满地。张漂立刻光着脚站在地上，心中打鼓满脸装笑地问："怎么了？你怎么了？"谁知话未落地，脸上就"啪"地一下实实在在地挨了妻子一巴掌。妻子怒气着说："原来你讲的故事都是真的！"

张漂一副丧气样子站在那里，听到妻子这句吼，脸上的疼也没感觉出来，心中几分冤枉几分哆嗦地想："糟了……"

（载《微型小说选刊》1999 年第 1 期）

习惯动作

耿春元

A县B厂有位C师傅，C师傅为人老实厚道又听话，领导就指定他为职工代表候选人。选举的时候大家都举手，C师傅很感动。C师傅认为上有领导信任下有伙计们拥护，这代表一定得当好！

建房分房、定规立项、工资调整、奖金分配……C师傅就经常去开会通过通过。每次开会，C师傅总是认真记认真听认真举手——C师傅这个代表果然当得很合格。

一当就是许多年。

当了许多年代表的C师傅自己也记不清开了多少次会，举过多少回手了，渐渐就不大认真记也不大认真听了，只是到了"同意的举手"时赶快把手高高举起来就行了，这代表的任务也就完成了。因为他知道上头提出的事情都是正确的；再说你不举手人家照样举手，少数服从多数；再说他也从来没见过哪位代表不曾举手……

所以他的举手总是旁若无人、理直气壮的。

有时也选厂长。那厂长都是上头定的，C师傅更是不假思索地赶快把手举起来。不但赶快举起来还要举得高高的，这就意味着不仅同意还蕴含着热烈拥护的意思了。

这次又选厂长。到了这个时候，老代表C师傅对大会程序比会议主持人还熟悉。这个时候他发现离举手的时间还早，思想就开小差了（这是很不应该的）。C师傅思想一开小差就想起家中那一摊子不顺心的事情来（谁家都有一本难念的经）。这一摊子不顺心的事情中有一桩最不顺心的事情是已经大学毕业的儿子的工作分配问题。儿子的同学们都被安排到了一些理想的单位，唯独自己那儿子至今没着落。听儿子说他的同学们都是花了许多钱的，不花钱是不容易分配个好单位的。Ｃ师傅供儿子上学把钱早花光了，眼下厂子效益又不好，工资时发时停，糊口都成问题，哪来许多钱为儿子走门子呢？

Ｃ师傅就是想着这些事情的时候在该举手的时候没举手，不该举手的时候却把手高高举起来的。

这可是从来没有过的事情！不但Ｂ厂没有，就连Ａ县也从来没有发生过类似的事情。又加上多年来Ｃ师傅对这"一举"操练有素，这就难怪Ｃ师傅这"一举之下"致使领导们愕然、代表们愕然，整个会议大厅全都沉寂在一片愕然之中。

Ｃ师傅却浑然不觉。

整个会议大厅就这只手臂旗帜一样高高树立着！会议主持人僵在了主席台上，一时不知所措。主持人终于猛然醒悟，随即大声宣布——一票反对！这一票反对的话音一落，惊恐、沮丧、懊恼……许多复杂的表情，立时集中在Ｃ师傅脸上。与此同时，那只高高举着的手臂猝然垂落下来。随着那垂落的手臂，那身子晃了几晃，一头栽倒在了一旁的一个代表身上……忽然有人喊：Ｃ师傅晕倒了！会场一时大乱。

Ｃ师傅中风了！

故事并没有结束。

这个新上任的厂长当了不到一年就因经济问题锒铛入狱了。厂长入狱全厂上下先是哗然接着议论纷纷。议论来议论去不觉就议论到 C 师傅。都说 C 师傅那一举何等分量何等悲壮何等振奋人心！最后的结论是——C 师傅有先见之明！

于是，C 师傅的几个徒弟便怀着无限敬仰的心情前去拜望躺在病榻上的 C 师傅。躺在病榻上的 C 师傅目光痴呆，头发花白，面貌憔悴。徒弟们俯下身子一字一句地大声说："师傅，那厂长被公安局带走啦！" C 师傅张了张嘴巴似懂非懂地哼哼了句什么。徒弟们又重复了一句："那厂长被公安局带走了，他犯法啦。" C 师傅听着，一只手臂就动了动，眼睛专注地盯着徒弟们，嘴里呜呜啦啦似乎有要事相托。徒弟们认真听着认真应着却辨别不清师傅到底说了些什么。这时在家待业的儿子只好在一旁当翻译。他说：

我爸要你们转告厂长……

我爸说他不是故意的……

我爸请求厂长原谅他……

（载《微型小说选刊》1999 年第 3 期）

棋　杀

亦　农

小城不大，有一方姓人家，主人方虚竹。方家世代行医，闻名方圆百里。方虚竹有两绝，一是他的中医奇技，二是他的象棋绝艺。

方虚竹 10 岁坐堂，望、闻、问、切，一派大家气度，"中医神童"的美誉就此传开。其父方行之，嗜棋。方虚竹自小耳濡目染，胸中渐有丘壑。11 岁那年，其父与一位棋界高手弈战，陷入危境，方虚竹在旁按捺不住，抬手应招，楚河汉界，刹那间胜负易主。棋界高手连连称赞方虚竹为棋界奇才，将来必有作为。

方行之 70 岁无疾而终，死前交给虚竹两件东西，一本《中华药典》，一本《象棋廿四局谱》。自此，方虚竹常左手持药典，右手持棋谱，仔细阅读，把药理与棋道融会贯通，技艺不知不觉中更上一层楼。

1939 年，日本人侵略至小城。仅一日一夜，街上尸横遍野，血流成河。鬼子队长小林雄二略通中国文化。闻知方虚竹大名，遂带人闯入方家大院。

面对日本人明晃晃的军刀，方虚竹坦然迎之。他明白小林雄二来意后微微一笑说："观汝气色，正患重疾，不治两日内将亡。"

小林雄二大惊，原来昨夜他污辱一女子，遭强烈抗拒，被一脚踹于裆中，至今腹下仍感到隐约胀疼。小林雄二眉眼一转说："那就请神医为我诊治。"

方虚竹转身取出一包中药。

小林雄二斜视方虚竹问:"我杀小城百姓无数,你不会借机毒杀我吧?"

方虚竹凛然道:"在方某眼中,此刻你是一位病人,岂有医生害病人之理?"

小林雄二哈哈狂笑说:"果真不是凡人,念你为我治病,《中华药典》我不要了,但那本《象棋廿四局谱》,你必须交出。"

方虚竹说:"《象棋廿四局谱》乃家父临终所赐,不可轻易送人。我摆一简单棋局,你若能破,书则拱手相送。"

那小林雄二也嗜棋,点头答应。方虚竹遂摆一棋局,让小林雄二回去思谋对局,约他第二天再见。小林雄二率人告退。方虚竹也不送,望着他们的背影轻轻一笑。方夫人近前说:"如果那小林雄二破了你的棋局,当真要送他棋书吗?"

方虚竹正色道:"日寇杀我同胞,淫我姐妹,身为医生,吾不能以药杀他,只有借此棋局为民除害。"

方夫人不解。方虚竹又道:"小林雄二之伤,服药后宜静心固气,二日可痊愈,但其服药之后,若观吾棋局,苦思冥想不得破解之法,必暴怒,怒则伤神,神伤则气散,气散则必死。"

次日,小林雄二没有如约重返方家。一队鬼子兵持枪来抓方虚竹,却见方家大门紧锁。门上贴一条幅,上书"棋杀小林雄二"。落款"方虚竹"。

(刊于《微型小说选刊》1999 年第 4 期)

灵 活

白旭初

A乡收到县里两个会议通知，一个是奔小康工作会议，一个是扶贫工作会议。会议召开的日期是同一天。

刚上任不久的马乡长请示牛书记说：我们参加哪个会议好？

牛书记说：两个会议都要参加。你去开扶贫工作会议，我去开奔小康工作会。

马乡长有些为难，说：我们乡既不富裕也不太穷，两个会好像都与我们的关系不大。

牛书记说：这你就不懂了。奔小康工作会是评选脱贫致富的带头人，扶贫工作会是发放救济款，这不都是我们需要的吗？

马乡长会意地笑了笑，又问：我们在会议上发不发言？

牛书记说：当然要发言，效果如何就看发言的水平了。

马乡长面有难色：我心里没底，只怕讲不好。

牛书记轻松一笑：这有何难？你把王秘书找来，我们合计合计，先拟出发言稿。

王秘书来了。他摊开笔记本，取下笔帽，聆听领导指示。

牛书记对王秘书说：你赶紧写两个发言稿，一个是我们乡带领群众脱贫致富奔小康的，一个是反映我们乡贫穷落后的。

王秘书内行地请示说：口径是什么？

牛书记问道：我们乡去年平均亩产多少粮食？

王秘书说：500 斤。

牛书记说：一个发言稿里写 800 斤，另一个发言稿里写 300 斤。

牛书记又问：我们乡去年人均收入是多少？

王秘书说：1000 元。

牛书记说：一个发言稿里写 2000 元，另一个发言稿里写 500 元。

牛书记又问：乡镇企业有几家？

王秘书答：就两家，经济效益不太理想，收支刚好平衡。

牛书记说：一个发言稿里写五家乡镇企业，产值过千万；另一个发言稿里写一家，因无启动资金，早已停产。

牛书记又问了许多问题，王秘书都对答如流。牛书记很满意，交代说：就按我提的要求写，其他的文字由你斟酌，要有说服力，要有震撼力！你务必明天早上把发言稿交给我和马乡长。

马乡长有些胆怯：书记，这……

牛书记满不在乎地说：别怕，没事儿。

翌日，牛书记和马乡长便早早分乘乡政府的两辆吉普车去了县城。

傍晚，牛书记和马乡长在乡政府会面了。牛书记把一面偌大鲜红的锦旗交给马乡长，马乡长把 10 万元扶贫款交给牛书记。两人心照不宣地笑了。

（载《微型小说选刊》1999 年第 6 期）

曝　光

金　光

市报记者小许最近了解到 S 县烟草公司偷税 135 万元的情况后，当即前往。经过认真采访，小许连夜赶写了一篇消息：《S 县烟草公司偷税 135 万元被查处》——

本报讯　记者最近从 S 县国税局了解到，该县烟草公司在经营烟叶销售中，采取改变原始发票等手段，1998 年 8 月至 9 月，共偷税 135 万元。该县国税局接到群众举报后，迅速行动，组成调查组，认真核查，已将所失税款全部追回，并对烟草公司处以 18 万元的罚款……

消息写好后，小许逐句逐字斟酌，认为没有什么不妥之处，这才将稿件誊写清楚，准备交给部主任签发在第二天的日报头版上。

岂料小许刚走到门口，电话铃响了，是 S 县烟草公司经理打来的。电话里说："许老弟呀，听说你要将公司缴税的事曝光，你知道，咱公司是连续 5 年的全国烟叶生产先进单位，今年上级要求我们拿六连冠，如果报纸批评了我们，上边知道了，六连冠就吹了。我们的压力实在太大，求求你了。你来县里匆忙，我让办公室的同志去见见你，望你高抬贵手。"

挂了电话，小许正在发愣，就有人敲门。来人称是 S 县烟草公司办公室的，手里拎着两条"中华"牌香烟。来人一进屋就哭丧着脸说，经理给他下了死任务，批评稿无论如何不能发，如果发了，先敲了他的饭碗。那人说完从包里掏出一沓人民币，说："这是公司让我转给你的稿费，5000元，请收下。"

望着可怜巴巴的来人和那沓人民币，小许心里打起了鼓。他今年刚从新闻系毕业分到报社，想搞几个有分量的报道。可头一篇稿就弄成这样，于是便坚决回绝。

在小许的严厉回绝下，那人只好将钱收起，但死活要把香烟留给他。并说烟草公司不缺烟，这是全体同志的一片心意，抽几支烟不犯大毛病。小许无奈，只好答应将香烟收下，再拿出那篇消息，按来人的要求把偷税的词儿，改成了漏缴税款；把查处一节的情节改成了主动补缴。两人都觉得没什么大毛病了，那人才告辞。小许又誊写了一遍，起身往部主任的办公室去。

岂料小许刚走到门口，电话铃又响了，是S县的县长打来的。他在电话中称赞了小许敢于揭露社会问题的做法，说他的采访报道是替S县做好事。然后话锋一转说，S县是市里烟叶生产基地，报上发表漏税影响太大，请考虑考虑，最好不要发。国税局那边，县里已经做了工作，要以全县利益为重，他们已经没什么意见了。小许说，稿子还是要发的，如果词句不妥，可以修改。于是两人在电话中讨价还价一番后，小许又拿出了那篇新闻稿修改起来。他删除了改变原始发票的情节，只简单地在新闻稿中写，由于财务人员工作失误，造成漏税135万元，后在县国税局的协助下主动理清了账目，补缴了全部税款。小许又誊写了一遍，起身往部主任的办公室去。

岂料小许刚走到门口，电话铃再次响起，是总编打来的。总编在电话中表扬了小许的工作精神,然后话锋一转说,对报道 S 县烟草公司偷税的稿件,刚才市里有关领导已打了招呼,认为 S 县是全市烟叶生产基地,也是市财政的一大支柱,如果曝了光就会挫伤该县发展烟叶生产的积极性。因此,原则上要以正面宣传为主,不要给市里的工作添乱。并定了调子:这个稿子不但要发,而且要发表扬稿。末了,总编让小许把稿件拿给他,两人在一起认真而细致地对稿件进行了修改,之后认为相当满意了,这才由小许誊写了一遍,总编直接签发到第二天日报头版的显著位置。

第二天一早,市报一版便出现了一则加花边的消息:《S 县烟草公司积极缴纳国税》——

本报讯 S 县烟草公司把缴纳国税工作当作头等大事来抓,仅今年 8 月和 9 月两个月,就主动缴纳国税 135 万元。近日,该公司经过自查,又挤出 18 万元的国税,由公司领导亲自送到了县国税局,从而受到了县国税局和上级部门的好评⋯⋯

(载《微型小说选刊》1999 年第 7 期)

失　落

汪云飞

日头还未爬出山腰，耿贵老汉便扯了那头大牯牛，翻过村东头那个陡坡，径直去了山嘴垄，那里十几块水田土改时就归了他，后来大包干时又成了他家的责任田。十几年了，那块田耕犁时牛得绕几个圈、栽禾时得栽几棵秧，他心里都牢记着。可是，打今天起，这十几块田的主人就不再是他了。他想起来，心里怎么也不踏实。

昨晚，村小组长衔着口哨鼓着腮帮在村里吹响头一遍哨子的时候，耿贵老汉便带了把椅子，在村小组会议室一个僻静的地方早早地落座了，抽了好一阵烟，仍不见屋里人来齐。这回重分责任田 30 年不变，这可是关系到几十年吃饭的大事，可大伙儿心里怎就不急？耿贵老汉真有点想不通。为这事，临出门他还跟儿子吵了一场。

他儿子说，这年头，没出息的人才种田，种田能挣几个钱？倒弄得一年到头不得清闲，这回分责任田，我家不要。耿贵老汉说，当官清闲呢，你有那能耐？握锄把的双脚不沾泥吃什么？光喝啤酒能拉出屎来？他儿子说，要种你种，不要分我们的，还有，农忙时，不要发落我！他鞋子一脱，直挺挺地把个身子晾在了耿贵老汉的那把躺椅上。

耿贵叔，你也别怪你儿子。这田确实也没什么种头，上交提留一年比一年重，粮食收购部门有价不依，丰收了卖粮喊他老爷也不搭理，歉收了又破着嗓子上户催粮，粮价浮着，种好种坏一个样。跟在耿贵老汉身后进屋的木匠进财递给他一支纸烟，重又拉开了话题。这年头，变化也快，我这把斧头也搁闲了。这回我回村，想承包些荒山荒坡，搞果树种植，至于责任田，就拱手相让……

岂止是相让，谁帮我种责任田，帮我交提留什么的，我每亩倒贴一包肥料，过年还请他吃一餐！木匠的话还未说完，买了农用车跑运输的后生小明冒出这么一句。你们年轻人总想挣轻快钱，可轻快钱也不那么好挣，我老了，岁月不饶人，若是年轻 10 岁，我把村里的田都给包了，说不定种上几年还要发大财呢！

耿贵叔，你说得好！今晚我们开会讨论重新承包责任田，就是要听听大家的意见，看究竟怎么办。

村小组长吹过三遍口哨再次回到会议室时，陆陆续续总算又进来了几个人。这些人大多是上了年纪的老人和汉子，年轻的都外出打工了，他们也就成了家庭承包的"法人代表"。村小组长接过耿贵叔的话题谈了这次责任田承包的意义和上面有关政策之后，征求意见也就开始了。

有的说，重分责任田 30 年不变好是好，可我一个老妈子，扶犁打耙干不了，我家那份责任田退了。

有的说，每家每户几块田，荒着没饭吃，种着又耽搁人，半年辛苦半年闲，半年闲着没活儿干，缚着手脚又出不了门。

有的说，如果政策允许，让人承包，免我们的公购粮、提留，那真是阿弥陀佛，我就是去城里挑石灰桶也可养家糊口。

……不知什么时候，耿贵老汉站了起来，都说土地是我们庄稼人的命根子，没想到，现如今却这般遭嫌弃。不说大家也知道，我们这一家子能过上今天这样的日子，还不是靠那几十亩田？记得我年轻时，第一次有了属于自己的几块田，乐得在田里栽跟斗；几十年后又一次分到责任田，我一口气把所有的田埂锄了个精光。那滋味是什么？庄稼活不就那几招，有什么累的？我们种田人对土地还是要有一份感情！

感情？你忘了卖粮时人家不要，气得你骂娘？接话的是他儿子。待在田埂背，村里的姑娘也不嫁你，我声明，我家那份责任田我不要，我爸上了年纪了，我是一家之主，我说了算。

那大家的意见呢？村小组长还在统一思想。有人说，我看这么办，口粮田、责任田分开，愿种的自己种，没人种的，集体承包！

行！大家异口同声。

最后，村小组长作了总结：上级有规定，田不能荒着，要责任田的登个记，剩下的，我出面承包，没种责任田的，公购粮、提留一律免除。我有几个城里亲戚最近下了岗，也准备入伙，到时候凑些钱，添置些机械耕作没问题。村里准备用责任田承包的钱办一家农特产品加工厂，不愿种责任田的可以去做工，不愿外出的农忙时也可帮帮我们的忙，我出钱。

回答他的是满屋的掌声，唯独耿贵老汉心中像塞了块碎布，没滋没味的。

晚上躺在床上，他思忖了半夜……

耿贵老汉在他家那十几块田边来回绕了几圈，然后在一块翻过的干爽爽的田里蹲了下来，抓起一把土，放在鼻子边闻了许久。他本想紧紧地攥着。想不到，那碎土却从他那精瘦的指缝里徐徐地洒落了下来……

（载《微型小说选刊》1999 年第 7 期）

净　土

吴万夫

　　虹上高二的时候，又换了一个新班主任。班主任姓杨。杨老师佝偻着身子，走路时还不断咳嗽几声，永远给人一种要在地上寻找什么的感觉。就是这样的一位老师，却在阳光遍地的知识田野里，默默耕耘了几十载。如今，杨老师早到了该退休的年龄，但他非要继续执教。校长拗不过，只好应允他在三尺讲台上，再站一年。

　　杨老师走进教室的第一堂课，校长自然又礼节性地陪着来作了一番介绍。但介绍的话音还未落，同学们早就哄然笑成一片。那时的杨老师站在讲台上，因为腰弯得如一只虾米，瘦削的下颌紧抵在半圆形的讲台上，一颗干瘪的脑壳好似风干的核桃，静状物似的放在讲台上。

　　这无疑是一个滑稽的画面！校长介绍完毕，仓促地走出教室。

　　校长走出教室，杨老师就又象征性地咳嗽几声。杨老师说："现在由我开始给大家上课！"

　　"哗——"同学们不约而同掀开语文书的第一页。

　　杨老师又说："现在请合上你们的语文书！"

　　同学们诧异地睁大眼睛，愣怔不动，不知杨老师的葫芦里到底要卖什么药！

　　杨老师又说："第一堂课，既不授业，也不解惑，现在由大家来考考我！"

同学们仍然莫名其妙。

杨老师和蔼地笑笑："大家不要紧张，其实早在这之前，我就了解你们，也算是老相识了！现在要考我的题旨正是：我要报出班里每一个同学的姓名，并指出每个学生的性格特征。若有差错，视为师的不称职，这个班主任我也就不当了，主动'下野'，走下讲台！"

"哗——"同学们为这堂饶有趣味的语文课鼓起了掌。

杨老师又连连咳嗽几声，同学们总算安静了下来。杨老师清了清嗓子，若一位正统的播音员，有条不紊地报出了一大串名字：

——章维龙，好打架斗殴，现任班长；

——梁绪兴，矮小瘦弱，现任体育委员；

——文成凤，学习最差，现任学习委员；

——乐爱梅，五音不全，现任文娱委员；

……

教室里突然死一般地沉寂。同学们个个屏声敛气，细细地呼吸，仿佛蜘蛛吐丝，在教室里织成一张网，静静地捕捉每一个声音。

杨老师报完名字，然后拾起一根粉笔，在黑板上风骨遒劲地重重写出每一个学生的家长的姓名及职业、家庭住址，并在章维龙、梁绪兴、文成凤、乐爱梅等人的家长姓名下，加了一条粗粗的着重线。那着重线宛若一把利剑，熠熠闪着寒光，将杨老师瘦弱的身躯衬托得无比威严。章维龙、梁绪兴、文成凤、乐爱梅等人的名字也就一目了然。他们的爸爸或妈妈，有的是厅长，有的是局长，有的是大款企业家，官职最小的也是城关派出所所长。他们若是联合而战，在这里真是威震一方！

同学们个个噤声，都在心里揣摩这个老头子——杨老师是不是神经搭错了弦？抑或是吃错了药？

那些家长姓名下被画了着重线的几个同学，有的哭哭啼啼冲出了教室，有的"乒乓"摔了凳子拂袖而去。

杨老师却如一位处变不惊的大将，瞅着他们远去的背影，然后拉回目光，又轻轻咳嗽几声，清了清嗓子："现在我郑重宣布，今后的班内职务，由以下几人担任：虹担任班长，敏担任学习委员……"

"哗——"掌声若一股狂风，掠过教室，在四壁之间来回飘荡，久久不散。那一刻，虹和敏几位同学都双眼模糊，泪水顺着美丽瘦削的脸颊，潸然涌下。他们的学习成绩在班里都是出类拔萃的，但他们又都是从大山深处走出来的孩子，家庭贫困，生活窘迫。

那堂声情并茂的语文课后，章维龙和另外两个同学转学了。不久，杨老师再没登上讲台。

杨老师在章维龙转学之后挨了一顿打。杨老师挨打是在夜晚。虽然天黑，看不清面目，但他能猜出肇事者是谁。不过杨老师没有报案。

杨老师的腿被打骨折了，住了几个月的医院，人也从此再没站起来。在这期间，虹和同学们都去医院探望了杨老师。

虹伏在杨老师的肩头啜泣失声。

杨老师爱抚地摩挲着虹的头发，静静地，像什么事情都没有发生。

杨老师说："虹，你将来的志愿要干什么？"

虹泪眼婆娑："我要和你一样，当一名教师。"

杨老师笑笑："这就对了，我希望你晶莹的泪水是一粒粒种子，浇在苗圃里，让每一棵小树变成一棵棵白杨！"

虹点点头又揩干了眼泪。若干年后，虹果真成为一名优秀教师。虹站在三尺讲台上，亭亭玉立，真像净土上的一棵小白杨，姿态可人。

虹所教的班级，三分之二的学生都考上了大学，剩余的人也凭借自己的双手自食其力。

（载《微型小说选刊》1999 年第 7 期）

心债（外一篇）

汤　雄

　　那天，在超市，张三向李四借了50元钱，还当场要写借条。李四哈哈大笑，说，你我是这么多年的朋友，写什么借条呀，几十元钱就算送给你了。张三执着不允，说，亲兄弟，明算账，借是借，送是送，这笔钱我是一定要还你的。说罢，硬是当场塞给李四一张借条。

　　这笔钱一借就是三年，张三始终没有还给李四。偶尔他俩狭路相逢，张三总显得颇为尴尬，主动抱歉，啊呀李四，实在对不起，我还欠你……李四反倒感到难为情了，连忙打断对方，什么呀，区区小事，不提不提。

　　李四不提，可张三也不见有还的意思。为此，害得李四在这整整三年里不敢登上张三的家门，唯恐担个上门索债的嫌疑，生生拆了多年朋友的交情。本来，李四可是张三家的常客，大聚三六九，小聚天天有：张三与李四是麻将台上的黄金搭档。

　　三年过去，忽有一天，张三主动登上李四的家门，捧上500元钱，说是归还三年前向李四借下的那笔欠款。李四吃了一惊，问张三有没有搞错数目，把50元当作了500元。张三大笑，说绝对没有搞错，50元是借款，450元则是他的一片真诚的谢意。因为张三就利用这三年中的业余时间，在他所钟爱的事业中有所研究与突破，还著书立说，大有建树。至此，李四方才恍然大悟，明白当年张三借钱是假，巧拒李四上门是真。张三聪明地利用了李四的性格特点与心理活动，婉转地拆散了他们这对麻将台上的黄金搭档，从而为自己赢得了宝贵的时间。

情　债

俗话说：人情债，重如山，头顶锅儿卖。这下，刘局长可算是彻底领教这句老话的分量了。

前不久，刘局长那三岁的千金不慎走失，直把刘局长一家急得成了热锅上的蚂蚁。就在刘局长一家六神无主之际，其女儿忽然从天而降，回到了他们的身边。刘局长一家欣喜若狂之余，这才知道对邻那位炼钢工人王阿毛是他们的大救星。原来，王阿毛得知对邻刘家走失女儿的事后，便自告奋勇，率领全家四处奔走寻找，帮助刘家找回了他们的千金。

刘局长就是从那天起领教那份人情债的分量的。

他曾向王阿毛家赠送礼品，想还掉这份人情债。但是，王阿毛全家不是针插不进婉言拒绝，便是在几天后又把同样一份礼品送还了刘家。于是，这份难了的人情债在刘局长的心头一日重似一日。

他只担忧王阿毛有朝一日找上门来，主动找他索还这份人情债。因为他知道王阿毛家的儿子还有一年就要大学毕业踏入社会了。

但是，刘局长是个廉洁奉公，不以权谋私的好干部，他从没为自己的任何一个亲朋好友开过一次"后门"。去年他的小舅子大学毕业，求姐夫提供"方便"，他都没有答应。

就这样，刘局长可算是怀上沉重的心债。

一年过去，刘局长忐忑不安了整整一年。

他受不了这般心理折磨，一天，他终于咬着牙根下了决心，准备了一笔价值足足千元的厚礼，亲自送上了对邻的家门。他决定从此与对邻"两清"了，今后谁也不欠谁。

然而，当他刚在王阿毛家坐定，便如老和尚入定般地怔住了。是一张挂在墙上镜框里的照片使他入的定。

假如他没认错的话，照片中那个紧挨阿毛坐着的男人应该是本省的省长。

他的眼睛果然没有出问题，阿毛说那男子是他的亲哥哥，现在省机关工作。

顷刻，刘局长的脸就"腾"一下红了，随身带去的那包礼物也沉甸甸的，坠得他心累。

（载《微型小说选刊》1999 年第 10 期）

倒行法新说

秦德龙

刘县长喜欢练倒行法。早几年，刘县长偶然翻一本文学杂志，读了秦德龙写的一篇小说《倒行法》，感觉很有意思，就把倒行法引进自己的晨练中了。每天早晨，刘县长跑步总要在开阔地上练"倒车"。

刘县长到 A 县上任，把倒行法也给带过来了。

A 县的人大眼瞪小眼，看不明白新来的县长玩的什么把戏。终于有智商较高者，悟出了奥妙，纷纷说：现在就是应该提倡逆向思维。这些人还引经据典地说，中国自古以来就有人练倒行法了，比如张果老倒骑毛驴，那才叫神仙呢。还有智慧大师阿凡提，有时候好像也是倒骑驴子呢。

于是 A 县的大街上，就有三三两两的人，跟在刘县长后面，练倒行法。

刘县长就冲他们颔首微笑。

刘县长要到基层去检查工作，基层的人很快都知道了。

刘县长到了 M 乡。在乡政府大院门口，乡长和书记紧紧握住刘县长的手说：早就盼着您来呢！

刘县长不进大院，要到四下里看看。乡长和书记只好边走边汇报。刘县长往前走着，乡长和书记面对县长往后退着，一边后退一边说话。刘县长说：你俩走稳了，别摔倒呀。乡长和书记说：没关系，没关系，我们也是天天练倒行法呢。

刘县长微微地笑了。

刘县长马不停蹄又来到了 N 乡。一到 N 乡，N 乡早已派好三菱面包车等着呢。N 乡的乡长和书记说：刘县长，您喜欢转田间地头，咱就直接下去吧？您看行吗？

刘县长点头赞同。

车子开起来的时候，刘县长惊奇地发现车子在倒驶，车屁股那头朝前。刘县长就问怎么回事。司机欲言又止，用目光瞟着乡里的两个头头。

N 乡的乡长和书记连忙说：刘县长，这车新买来，正在"磨合"，开开倒车，有利于润滑，有利于良性运转，好比人练倒行法一样，有助于全面发展。

汽车也练倒行法？刘县长忍不住大笑。

刘县长这次下乡，跑了许多地方，有许多惊奇的发现。比如，他在乡下见到了有人发明出来的"倒骑驴"式的自行车，正申报国家专利呢。还有在煤矿的窄轨铁路上，火车头与火车厢风驰电掣般向后退……

刘县长回到县城的时候，正赶上黄昏，街头很乱，堵了许多车。县长走到十字路口查看，有两个交通警察正在疏导车流人流。刘县长问：出什么事啦？怎么会成这个样子？

交通警察嗓子冒着烟说：你到前边看看就知道了。

刘县长就往前边去看，交通警察叫住他说：不对，不对，你转过脸来，退着走过去，对，对，就是这样，倒行法，否则你过不去！

刘县长恼火极了。

刘县长这才发现，此时县城大街上，行人一概在用倒行法走路，汽车一概屁股朝前开倒车。

刘县长痛骂自己：当年哪根神经错乱了，不小心看了秦德龙的那篇小说《倒行法》！

（载《微型小说选刊》1999 年第 11 期）

踩　生

廉世广

20 年前，一个湿漉漉的端午节的早晨。

我正在村边麦地里用露水洗脸（据说这样可以让人一年都神清气爽），母亲在地头喊我，让我去周大嫂家借把镰刀。

"一大早借镰刀干啥？"我疑惑地问。母亲微笑地望着我，在湿润的晨光中，脸上溢满神秘而幸福的光彩。母亲说："让你去你就去嘛。别问那么多。"

我一路小跑来到周大娘家，刚一迈进外屋门槛，就听里屋传出一阵婴儿清脆的啼哭。"生了，生了！"屋里的人们低声欢呼着。周大嫂的婆婆周大娘从里屋出来，满面笑容地摸着我的头说："贵人踩生，这孩子的命不错！"

我终于明白母亲为什么急急忙忙一大早就让我来借镰刀了。按照我们那里的风俗，婴儿落地时，谁正巧无意中跨进门槛，听到孩子的第一声啼哭，谁就是这个孩子的踩生人，而由谁来踩生，往往能决定孩子一生的命运，踩生人是位"贵人"，孩子将来也必定能成为"贵人"。因此，谁家的媳妇临产时，是不欢迎闲杂人等随便登门的。显然，我的这次"踩生"，有着极大的"预谋"成分。同时我也很清楚，村里人是把我当"贵人"看待的，因为那时我正在县城读重点高中。让我去踩生，这似乎应该是一件值得我自豪的事。

可是这事非但让我高兴不起来，反而让我感到一种沉重的压力，让我在小小的年纪里，就有了一种无法推卸的责任感。从此我身上不仅凝聚着全村人希望的目光，而且我的命运还决定着另一个幼小生命的命运。

我更加勤奋、刻苦了。

终于没有辜负人们的期望，我如愿以偿，考入一所师范大学。毕业后，被分到外地，当了一名中学教师。

生命的轨迹按照其固有的方式在不停地运转。娶妻、生子，转眼便人到中年。为人师、为人夫、为人父，琐碎的生活，忙碌的身心，几乎让我把踩生的事忘却了。

前不久，妻下班回家，兴冲冲地告诉我，她已给我联系好一家广告公司，月薪千余元。这和我当教师的那点可怜的工资相比，不能不说是一个巨大的诱惑（何况那可怜的工资还常常不能按时发放呢）。

我的心开始动摇了。

一个月圆的夜晚，我站在窗前，望着遍地清辉，突然想起了20年前的那个早晨，仿佛又听到了那声清脆的啼哭。那是一个新生命对这个世界的第一声宣言，清脆、透明而又激越。继而，这声音又幻化成孩子们琅琅的读书声……

我舍不得这个清纯的世界。我又不忍辜负妻子的那片热心。也许，为了让我踩生的那个生命活得更好，我应该去接受那千余元的月薪？

就在我犹豫不决的时候，意外地接到一封署名"端端"的信。

信中写道："我就是20年前被您踩生的那个女孩，因为我生在端午节，母亲便唤我为'端端'。现在，家乡踩生的习俗已不多见了，但我永远也忘不了您。我是在妈妈的话语里长大的，妈妈的话语里经常有您的名字。您是我们村里的第一个大学生，现在，村里人每当提起您，仍是赞不绝口。虽然'踩生'一说有着很浓的迷信色彩，但我一直把您当成成长的楷模。我从小就立志，将来要像您一样当一名教师，不怕清贫，耐得住寂寞，用文化知识的雨露阳光，为千千万万的孩子们'踩生"……今年我就要从师范毕业了，我已申请回故乡教书。衷心感谢您，20年前，您为我踩生……"

端端还随信寄来一张照片，照片上的女孩亭亭玉立，清纯动人。

我的心震颤了。

月光下，我把"踩生"的故事讲给妻听，又让妻看端端的信与照片。妻沉默了，眼里闪动着月亮似的泪光。

很快，我给端端回了信。信中说，20年前那个端午节的早晨，我为一个女孩"踩生"，可我没有想到，20年后，一个长大了的女孩，又来为未老先衰的我"踩生"了。我多么希望能有一天回到故乡的早晨，再用故乡麦田里的露水洗把脸啊……

把信投进绿色的邮筒，我的心就像走进了绿色的春天，豁然开朗了。

（载《微型小说选刊》1999年第13期）

树上党支部

杨汉光

　　1998 年 8 月 1 日晚 8 时，湖北嘉鱼县长江大堤承受不了洪水的巨大压力，突然崩溃。洪水像松了绑的恶魔，从 800 米宽的决口奔腾而出，卷起惊涛巨浪，呼啸而去，扑向田野村庄。100 平方公里的美丽家园顿成泽国，5 万人在洪水中挣扎沉浮，哭叫声震天动地。

　　在滔滔洪水中，树木成了生命的方舟。有树就有生的希望。

　　周光照和一位妇女冲过激流，呛了两口泥沙浓重的浊水，游到一棵救命树下。他让一让说："你先上吧。"

　　女人难为情地说："我……我的裤子被水卷走了。大哥，你身上穿有衣服吗？"周光照说："我也只剩个光身了，保命要紧，快上树吧。"

　　女人刚上了树，水面上又游过来 6 个人，争先恐后地往树上爬，有一只大脚竟然把周光照的脑袋当石头踩。这 6 个人刚刚爬上去，水面上变魔术似的又漂来 4 个人。捷足先登的那 6 个人喊："这棵树满了，你们另找一棵吧。"

　　那 4 个人已经精疲力尽，软绵绵地答："我们再也游不动了。树上的大哥，挤一挤，让我们上去吧。我们上去往小枝上爬，让你们抱粗枝。"

　　树上的人见他们可怜，于是说："那先上一个试试。"

　　下面上去一个大块头，大块头上了树却不往小枝上爬。先上的那6个人生气了，让他往小枝上去。他说树枝实在太小，上去会断的。那6个人又把他往下赶。大块头哪里肯下去？跟那6个人吵起来，还在树上动了几下拳脚。树枝大幅度摇动，似乎要断了。女人吓得大叫："我要掉下去了！"

周光照大喝一声："不准胡闹！"等树上静下来后，又严肃地问，"谁是党员？"

女人正坐在最粗的树杈上，听到党员两个字，很敏感地问："喂，你是不是想让党员抱粗枝，把群众逼向小枝？现在是逃难，不是求你调动单位，我可不吃你这套。"

周光照严厉训斥："不是党员别出声。"又说，"本人周光照，解放军某部指导员。还有谁是党员，报名。"

大家都没料到，泡在水里这个胖子居然是个军官。气氛一下子有点紧张，每个人都默不作声。远处传来大人小孩的哭喊、猪牛的叫唤和房屋的倒塌声。水面上不断漂来稻草、门板、桌椅、死狗、死鸡，与人擦身而过。

周光照又叫一声："党员报名。"

树下有人答："赵国华，党员。"

树上有人嘟哝："我叫李文杰，是村支部书记。"

树下又一个人报名："王小刚，党员。"

此后再没有人吱声。周光照说："好，我们4个党员，组成临时党支部。现在有两件事要支部决定。第一件，找一条裤子给树上那位妇女。有裤子的党员报名。"

村支书说："我只穿一条大裤头，再没有半片多余的布片，不会要我脱裤子吧？"

赵国华说："我只穿一条小裤衩。"

王小刚说："我也只穿一条小裤衩。"

周光照说："小裤衩不好，我提议李文杰同志把裤头脱给那位妇女。同意的发话。"

赵国华说："同意。"

王小刚也说："同意。"

村支书大叫："姓周的你自己怎么不脱？"

周光照说："如果我有裤子，自然轮不到你脱，少数服从多数，快脱吧。"

村支书一百个不愿意，磨磨蹭蹭，但到底还是脱下裤子，递给那个女人。女人接过裤子，想说话，喉咙却堵住了，好一会儿，才哽咽着说："谢谢党员同志。"树上树下一片肃然。

村支书却嘴臭，埋怨说："逼党员脱裤子给群众，天下没见过这种党支部。"

周光照不理他，又说："第二件事，我提议，党员往小枝上爬，让出粗枝给群众抱。同意的发话。"

赵国华和王小刚异口同声地回答："同意。"

李文杰正抱着粗大的树干，不高兴地说："我知道，你们是合起来整治我。"

女人说："李书记，要不我往小枝上爬，我身子轻。"

李文杰说："你这不是小看我这个村支书吗？"边说边一点一点往小枝上挪去。

其他人也让了，树上渐渐宽松了。

大块头站稳了脚跟，就把赵国华、王小刚和另一位同伴接到树上。赵国华和王小刚主动往小枝上爬去，满树颤悠悠地摇动，但始终没有一根树枝折断，大家平安无事。

这棵不大不小的树，超负荷地挂着 11 个人，仿佛满树结出累累的果实，再添一条小狗上去都不可能了，更别说像周光照这样一个大汉。于是，这位临时党支部的负责人，在安排好别人之后，自己却独自泡在水里，随浪沉浮。

远处已经没有人的哭喊和猪牛的叫唤，只有房屋倒塌的轰隆声不时传来，令人心碎。

女人忽然哭了，边哭边说："我家的房子一定也倒塌了，还有老人和孩子，不知是死是活。"

她的悲伤立刻传染给了树上每一个人，于是个个唉声叹气。周光照说："不要叹气，唱一支歌吧。"自己带头唱起来。

"团结就是力量！"

赵国华、王小刚、李文杰……树上 11 个人一个个跟着唱起来。歌声越来越响亮，飘过水面，向远处传去。想不到周围原来都有人，只是天黑看不远，一直没有发现他们。这时候他们听到歌声，都不约而同地合着节拍唱起来。一时间，在滔滔的洪水中，前后左右都响起嘹亮的歌声，虽然没有人指挥，却那样整齐，有力——

团结就是力量

这力量是铁

这力量是钢

比铁还硬

比钢还强……

（载《微型小说选刊》1999 年第 13 期）

重　谢

徐社文

味思美罐头厂突然收到 L 国客商的索赔电报，称刚刚运到的 2000 吨罐头经当地卫生部门检验，发现瓶体有传染病菌，严禁销售。检验报告即刻电传，带菌瓶体已空运。

几千万美元，罐头厂将倾家荡产。厂长四处告急，贷款赔偿。大小新闻单位闻风而动，皆呼：味思美卫生不过关，老外索赔千百万。

该厂科研所的李工听到了消息，顿生疑窦，第二天即请病假，整整一个月。

正当味思美厂长筹足赔偿款准备远行致歉时，李工送来了惊人的研究报告：味思美罐头瓶体上的传染病菌只有 L 国才有，中国目前尚无此病菌。"这些有说服力吗？"厂长将信将疑地望着厚厚一沓的研究报告，"老外可是不含糊的。"

"相信科学，相信中国的科学家！"李工转身离开了罐头厂，厂长长长地舒了一口气。

李工的研究报告反馈到 L 国，很快得到了 L 国客商的道歉：传染病菌确系在 L 国附着。几天后派海蒂姆先生专程来厂，希望今后合作愉快。

厂长大喜，对老外十分佩服，当晚在宾馆设盛宴招待海蒂姆，酒过三巡，菜过五味，海蒂姆面对一桌子的陌生而热情的面孔端起酒杯问厂长："请问谁是那篇报告的研究人，他可是为你们厂立了大功，我们老板和研究人员非常佩服他，我要敬他一杯酒。"厂长一愣，支吾道："不巧，他没来！"

"非常遗憾，这顿饭缺了他还有什么价值呢？"海蒂姆耸耸肩。

第二天，厂长派公关部主任专程拜访李工，馈赠味思美罐头一箱予以重谢。

（载《微型小说选刊》1999 年第 17 期）

鞋　匠

伍中正

鞋匠有了念头，再补一次鞋，就不来了。

鞋匠靠着补鞋得来的工钱养活了自己，也养活了跟自己生活了20年的女人，只是那女人眼睛角角一高，就瞧不起鞋匠了。说鞋匠脏，说鞋匠没身份，说鞋匠没地位，不就是一个鞋匠吗？鞋匠的女人要同鞋匠离婚。说了几次，鞋匠没答应，鞋匠说，等补完最后一次鞋，再离。

鞋匠就出门了，看不见往日高兴的样子。以前出来补鞋，熟人见了他都打招呼，鞋匠的脸上就摆出笑来，说补鞋去。现在没人打招呼了，人们见了鞋匠像没见到一样，不就是一个鞋匠吗？！

梧桐树宽大的叶片密集起来，遮住了太阳，鞋匠还是在以往的阴凉下，摆开了自己的摊子，鞋匠自言自语：谁是最后来补鞋的人呢？鞋匠就看着过往的人流，鞋匠的眼前就浮现一个女子的身影。

那时候，那女子年轻漂亮，鞋匠也还是小伙子。鞋匠第一次接过女子的鞋，听那女子说，鞋不是自己的，是自己朋友的。自己的朋友在一家机关上班，薪水薄，一双新的买不起，丢了旧的又舍不得，出来补，又怕人笑话，最后还是自己出来为他补。鞋匠一笑。

补完鞋，鞋匠分文未收，鞋匠觉得这是人情，得送人处且送人。鞋匠觉得这是缘分，应该珍惜。

一晃20年过去了。那女子也成了机关干部的太太。20年来，那女人还来鞋匠的摊前，来补机关干部的鞋，每次来，那女人只当鞋匠是补鞋的，鞋匠只当那女人是来补鞋的，也不多说话。补完，那女人给钱，鞋匠就收钱，鞋匠靠的是补鞋的工钱过日子。

鞋匠觉得，女人的手指粗糙了，脸也没以前的嫩白，爬满了沧桑。那女人也觉得，鞋匠老了，手上的茧脱了又长，脸也窄了，笑容也少了。鞋匠当那女人仍是来补鞋的。那女人当鞋匠仍是补鞋的……

鞋匠的眼前真的出现了那女人。女人坐下来，挨近鞋匠坐下来。那女人告诉鞋匠，补完这双鞋，再不来补鞋了。鞋匠问，为啥？那女人说，为他补了 20 年的鞋，他却看上别的女人，家都忘了，昨天的离婚协议上还等着自己签字。自己左想右想，还是替他补完最后一双鞋，再签字，也好让他回头想想。

鞋匠听懂了明白了，鞋匠觉这女人活得也真不容易。

鞋匠比以前更加认真地为那女人补鞋，掉了的边，替她缝紧；掉了的底，替她贴牢，活儿做得很仔细。女人就坐在旁边看，来了忧郁，眼泪就流出来了。鞋匠看出了女人的心事，问，哭啥？女人说，往后，谁还为他补鞋。女人又簌簌地落泪。

补好鞋，女人付钱给鞋匠，鞋匠说不要。女人又问，为什么？鞋匠答话，这是最后一次补鞋，最后补的鞋都不收钱。女人再问，为啥说是最后一次？鞋匠再答，自己的女人眼光高了，让自己跟她离婚，往后就再不来了。

女人就噢噢了两声，没哭了。

鞋匠留女人坐会儿，女人说坐会儿。就挪了挪坐姿，挨近鞋匠坐。

鞋匠说往后孤单。女人也说往后孤单。

鞋匠说，20年来，连自己的老婆都看不起自己，还做啥鞋匠？那女人听后点点头。

鞋匠望望那女人。听那女人说，20年来，以为自己的那个机关干部爱着自己，没想到他心里装着别人。唉，生活如同演戏一般。

鞋匠听后点头。

天擦黑，鞋匠起身，女人起身。鞋匠说，不来了。女人说，不来了。

是鞋匠望着那女人的背影走远，还是女人望着鞋匠的背影走远，很难说清。

（载《微型小说选刊》1999 年第 18 期）

打 鸟

戴 涛

我是属鸡的，自然史告诉我，鸡应该是鸟变的，我与鸟应该是有一种缘分的，所以我从不打鸟。

但在我 30 岁那年的一个上午，情况有了历史性的变化。

那天我正坐在办公室里写一份材料，我写得非常投入，因为这是局长亲自布置的题目，要知道这正值我的顶头上司办公室主任行将退休的非常时期，所以总会发生一些非常事件。

局长进来了，亲切地拍着我的肩膀说，你辛苦啦。接着就坐下来跟我拉家常。局长说，不知怎么这段时间老头疼。我赶忙说，局长，您该抽空上医院去看看。局长脸色痛苦地说，看了，不管用。我问，就没有啥法子了？局长说，人家倒是告诉我一个治头痛的偏方，可上哪弄去？我又问，啥偏方呢？局长说，猫头鹰的脑子。

当我告诉妻子说要买支气枪打鸟时，妻子立即断定我准是这几天连续写文章把脑子写坏了。妻子倒并不认为属鸡的人不能打鸟，她考虑更多的是经济问题。她说，你当这气枪是你儿子玩的小木枪吗，这气枪要你两个月的工资哪。再说，你一个机关干部背杆枪颠来颠去，像什么样子。好在我对妻子说买枪只是一种通报不是汇报，所以枪还是买回来了。

我先在家里练习瞄准，等到我将 5 块肥皂全部打成马蜂窝以后，我就在一个星期天的早上出门去寻找猫头鹰了。到了乡下，我逢人便问，见到猫头鹰了吗？都回答说，没有。整整跑了一天，我连个猫头鹰的影子都没见着。

不过我的意志非常坚定，这以后我常问局长，头痛好一些了吗？只要局长还皱着眉头叹气，我就很有希望地在休息日，不屈不挠地扛着枪下乡去找猫头鹰。

这天我又累又渴正要爬一座小山，从山上下来一个老汉，我有气无力地问，老人家，您见到猫头鹰了吗？老汉朝我上上下下打量了一遍，然后问，你干吗要找猫头鹰？这时我不知哪来的表演天赋，我用非常伤感的语气说，我的恩师脑子里长了个东西，医生说只有猫头鹰的脑子才能救他。我的神态显然感动了老汉，老汉带我来到山顶，指着一棵已经枯死的大树对我说，他一年总能在这棵树上见到几次猫头鹰的。说完老汉便下了山，我一个人开始了大树底下的守候。直守到太阳下山，还是没有猫头鹰的踪迹。

到了第二个星期天，我又抖擞着精神来到这棵大树下，以后每个星期都是如此。时间不知不觉过去了半年，我已经好长时间忘了问局长头痛好了没有。外出等候猫头鹰已经成了我的生活习惯，我从没有泄过气，我坚信我跟猫头鹰总会有一次历史性的会面。

又是一个星期天的早上，按理说我不应该再出动了，因为天上满是乌云，下雨是随时可能的事。还因为局长再没说起他的头痛，更因为我们办公室的老主任已退休，接替他的新主任也已走马上任。可我仍然来到了那棵大树下。当我习惯得近乎麻木地抬起头来寻找时，天哪，树上真的出现了一只猫头鹰！我急急地举起枪来，瞄准，屏气，扣扳机，只听"啪"的一声轻响，猫头鹰一声不吭就掉到了地上。我从地上捡起猫头鹰来检视，它已经没气了。这就是我日思夜想，苦苦守候了两个季节的猫头鹰。

天上的雨终于下下来了，我在雨中挖了一个坑，将那只已经冰凉的猫头鹰，连同我的气枪一块葬了。

（载《微型小说选刊》1999 年第 19 期）

傻 子

沈祖连

　　有些事单靠一个文件是没用的，人们的保护意识不强，你就是下十个百个文件也等于白下。

　　不过他有钱，有钱，就可以做自己想做的事情。

　　每天清晨，他都到市场去转。

　　东来的农人，手上提个蛇皮袋，他走上前去，接来打开一看，一只全身铠甲的家伙蜷缩在里面，用手捉出，就像是一只小摩托的轮子，尖尖的嘴接着尖尖的尾巴。他的心头一阵发紧，便问，多少钱？

　　二百八。

　　好，二百八就二百八，我买了。

　　他重又将穿山甲装进蛇皮袋，骑着摩托车一路往山上奔去。

　　来到一处土山上，选块有草的地方，将袋打开，搬出那车轮子一样蜷曲着的穿山甲，轻轻放到草面上，说声去吧。那穿山甲倒也乖滑，身上着了草，便一下子打直了，翻眼看了看他，便向草丛深处钻了进去。

　　他如释重负一样地往回走。

　　第二天，他像是突然想起了什么，又来到了市场，远远地，他又看见那个农人提着个蛇皮袋来了，他又走过去接过袋子，打开一看，又是一个全身铠甲的家伙蜷曲在里面。

怎么又是你？是在山上抓的吗？

你问得也够出奇的，穿山甲不是山上抓的，难道在海里？

我是问你，是东边那个土山吗？

是又怎么样，不是又怎么样？

要是的话，那是我昨天放的。

好，你去放吧，我可是花了九牛二虎之力才抓到的哟。

多少钱？

老规矩，二百八。

二百八就二百八，我要了。他交过钱，又带上它往山上奔去。

摩托车才开出不远，那农人模样的人便也拉出了摩托车，对家里人说，快，我要去追赶那个傻子。

（载《微型小说选刊》1999 年第 20 期）

叶 子

程多宝

叶子的信来了，问：那些叶子，该落了吧？

叶子问的，是照片上的叶子。那上头，中士倚树荷枪而立，身后的一片林子吐着簇新的翠，点缀着遥远的宁静。

中士，第三年兵，班长，皖南水乡过来的，入伍前承包了一片山林，一年下来，"水"厚得很。老家那儿，把钱说成水。叶子，伴舞的，一家演艺公司的台柱子，舞起来，真似片叶子。

秋夜的风，轻摇着这一溜烟的叶子。叶子脆生生地响，常常与中士梦境里的舞姿产生同步的组合。

叶子的信又来了，问：还没有落尽？

没剩多少了，快了。是快了，中士想，日子是有点经不起数，说快就快了。说不定年底就走人了。营盘铁打兵如流水呀。可，是走是留，也不能全随自己，咱现在——可是组织上的人了。

上个月，中士刚刚成为一名预备党员，人生里又多了另一个神圣的生日，想想都光荣着呢。

叶子落尽了。秋走了。冬到了。冬的梦境里，连叶子的舞步也没了。

没有叶子的日子，就不怎么轻盈了。

今年不回了。这边离不开，留了，要转一期士官。

本来，想打个电话。想了想，还是古典些浪漫些为好，就来个鸿雁传书，不忘初心嘛。

于是，又寄去一张照片，刚摄的。只是那树那峰那峦那人之间，已没了油油的叶子。

叶子，只有待开春后才有了。

想了想，有了。于是，在照片的背面添了几行诗：在你的枝头／我愿／化作一枚／永生的叶子。

一纸调令，中士背起背包钻进了天边边的大山沟沟。那里，手机信号就不听话了，没办法，只好写信。

这不，望眼欲穿呢，好不容易收到了信，估计是邮票也不好买吧。你看，那信上说：莫愁哈，大男子汉，该做棵大树才对。怎么也女儿家的似水柔肠起来？没出息呢。

那枝头，不是指你的，是象征，象征呢？起初，中士还想在信上解释一下，可想想，也就算了。说清了道明了就没那个意思了。错就错吧，兴许……还会错出一段美丽来。

满街的枝繁叶茂，又在急匆匆地泛青吐翠了，你们那个大山沟沟，春天不会也有时差吧？

快了，真的快了，新兵一下连，就是哗啦啦的满眼的绿，他们一来，春天就活了。新时代的兵，大有希望的，漫山遍野的新新的叶子……到时候，一定寄一枚回来，忘不了的。

谁稀罕，你当是香山红叶呀。

红叶？那才比不上呢。红叶，只醉一秋。这叶子，季季年年都在支撑着满天满地的新绿呢。是支撑，不仅仅是点缀，你说呢？

（载《微型小说选刊》1999 年第 22 期）

诬　告

孙春平

　　总公司决定去特区开办一个分公司，要选调一批精兵强将。消息传开，总公司里就沸成了一锅开水。且不说去特区在家里照领一份工资，那边另有一份可观的补助，单说待分公司扎下脚跟打开局面，连家属都可能带过去。这条件就像在大漠里长途跋涉的人突见了熟透了的沙瓤西瓜，实在太诱惑人啦！

　　连日来，郭一民进了家门，妻子就盯牢了他的脸。郭一民是老实人，脸就是晴雨表，单位里的遂意不遂意都写在眉眼之间了。可她忍不住，还是要问："还没戏？"

　　"啥戏呀，看别人演吧。"

　　"名单不是还没公布吗？"

　　"有几个人已经让交接工作了。"

　　"都谁呀？"

　　郭一民便说了张三李四王五，他是专挑妻子知道的人说的。那几个人每人的故事，都能写出一本挺畅销的书。

　　妻子撇嘴："就那几头烂蒜啊？"

　　"领导已经在非正式场合解释了，说我们派人是去特区打开局面，不是选派进党校进修的干部，要以一当十，全面攻关。"

　　"打局面为啥不派你去？你得过省科技进步奖，你是公司里的技术骨干。你们公司过年时把我们这些骨干分子的家属请去喝庆功酒，总经理口口声声说，公司里若是再多几个郭一民，就腾飞有日了。哼，闹了半天说这话是逗人玩呀！"

郭一民苦笑，不再说什么。妻子却不甘心："你就不能再找头头谈谈？或者……咱们也豁出去一回，去你们头头家串个门？"

"我丢不起那个人！"郭一民赌气了。

一顿饭吃得没滋没味，一宿觉也睡得没声没色。本来，那天是夫妇俩早就约定的"每周一歌"的日子，可妻子冷冷漠漠毫无表示，郭一民也就顿消了"引吭高歌"的兴致。妻子在纺织厂管文件，档案室的门早就和厂里的大门一块挂了锁，家里的开销已全指靠他一人的工资。她把去特区的事看得比郭一民重得多。

又过了两天，郭一民没到下班时间就回了家，进了屋就坐在一旁发呆。妻子在他脸上好一番扫描，竟也没观察出喜怒哀乐，便问："你今儿是咋啦？"

"去特区的最后几个人定下来了。"

"还没你？"

"没我能这么早回家来？叫我抓紧准备，后天就启程呢。"

妻子陡然惊喜，竟小姑娘似的在地上蹦了一蹦："那你还发什么呆？喜事，喜事呀！今儿咱得喝两盅！"

郭一民仍发呆，垂着头搓两只手，搓得专心致志，不知在想什么。

"咋，老夫老妻的，还恋着家舍不得走啊？"

"你可得……有点心理准备，我听说，有人投了我的……匿名信……"

妻子眨眨眼，问："告你啥？"

"说我……有男女关系问题，进歌厅泡小姐，还……把一个女的带到家里来了……"

妻子怔怔神，又撇嘴："就这个呀？"

"这还咋？好说不好听，我可……真不是那样的人。"

"是又咋，"妻子竟还是笑，"反正这回和张三李四一块去了特区，老鸹落在猪身上，谁也别说谁黑了。"

"你咋这样说？"郭一民奇怪了。

"要不我咋说？你放心，要是有人把话往我这儿捎，我有百样的话应对他。"

"你说啥？"

"说明我男人有魅力呀。男性荷尔蒙旺盛，不乏进取之心呀！克林顿还有桃色新闻呢，可人家照当美国总统。一本正经的人倒不少，可谁选他当总统啊？"

"你看你，还真是信了那样的话！"

"谁说我信了？我都窝在家里好几年了，白天晚上除了买菜，基本不出门，男人带没带别的女人来家我还不知道啊？"妻子终于忍不住，说，"你也别太把那匿名信当回事。你们头儿当初为啥迟迟地定不下来派你去特区？跟张三李四们比一比，还不就是嫌你太老实本分了。老实眼下叫啥？叫窝囊。本分又叫啥？叫保守。我也跟你来个实话实说，那封信……是我写的。"

"你？"郭一民大惊，瞪圆了一双眼，突然将酒杯重重地往地下一摔，摔门而去。

（载《微型小说选刊》1999 年第 23 期）

珍贵的遗物

方东明

　　古树镇因那棵双人合抱的百年古树而得名，古树还为小镇平添了几分古朴的风采。它那丰厚的绿荫如同一把巨大的天篷伞，驱炎热、挡风霜，给镇上的人们无尽的享受。每日清晨，当瘸腿洪师傅担着那副剃头挑子一瘸一拐走向古树时，总会有人等候着他。洪师傅的剃头手艺远近闻名，甚至有些邻镇的人也慕名而来。

　　提起洪师傅，最让人怜恤的是他悲惨的家事。1959 年底，洪师傅一家死了 3 口人：老伴和两个女儿，仅保住了儿子洪军的性命。从那以后，洪师傅变得少言寡语，然而，他硬挺过来了。儿子洪军虽保住小命，但由于儿时营养不良也落了个迂呆的病体。孙子洪心倒是身强体壮，在矿上干活练得一身好肌肉，只是遭遇下岗后明显瘦了。洪心下岗使这个本就残缺不全的家更是雪上加霜。

　　面对孙子的叹息颓废，沉默寡言的洪师傅再也忍不住了："心儿，我体病腿残，不也凭着一双手养活了自己吗？你这样过不是办法；我虽是快入土的人了，也没有要你们父子负担呀，我现在尚能资助你们的生活，我死了咋办？在矿上下了岗，可你还有剃头手艺，我这身体一天不如一天，也需要一个帮手，明早随我出摊吧。"

　　一听这话，洪心怒火中烧："爷爷，那时学剃头是我年少不懂事，现在当工人下了岗，再去剃头，您不怕人笑话你们长辈无谋，我还没脸出门见人呢。与我一起下岗的王二武，就凭他爷爷托了关系便进了财政所，刘小六也是他父亲找战友打招呼到工商所的。我真恨我们祖祖辈辈无权无势、无亲无友，我饿得舔灰也不会当那丢人现眼的剃头佬……"

洪心的一席话几乎把洪师傅气了个半死。老人老泪纵横，粗气直喘，布满皱纹的老脸由红变紫，由紫变白，哽咽着说道："想想当年你奶奶、你两位姑姑活活饿死，我都没有求过人，你多吃一口，别人就少吃一口，你的困难解决了，国家的困难便增加了，你懂吗？靠双手劳动生活又怎么是丢人现眼呢？龟孙子……"话未说完，洪师傅口吐鲜血不止。不久，洪师傅便一命归西，死时连只言片语也未留。

心中有些内疚的洪心在清点爷爷的遗物时，却从老人盖的夹层棉被里寻得两个包。一个用牛皮纸包着，洪心用手一拎便知道是一沓厚厚的钞票，顿时心中窃喜：这该是爷爷留给我的吧！他小心翼翼地拆开纸包，数到最后一张时，足足8000元，然而，就在最后一张钞票下面端放着一张方方正正的便条：

这是我的党费，我对不起党，然而我时刻没有忘记我心中的党——

洪心纳闷：爷爷啥时候入过党，怎么从未提起？

我14岁跟随红军长征，参加过抗日战争，在解放战争中为掩护战友身负重伤后留在地方。为了不拖累组织，我靠双手自食其力，扪心自问，我对得起国家，然而，我对不起我们这个小家，更对不起死去的亲人，对不起后辈……

洪心是含着泪看完这张便条的。当他打开另一个红绸布包时，竟是一封来自某大军区司令部的信，展开发黄的信笺，字迹已变得有些模糊。

老团长：

　　每逢佳节倍思亲，又到了我们庆祝新中国成立的日子。我千寻万找，百般打听，获知这个地址，不知能否找到您。您的救命之恩无以为报，让我寝食难安，挂念万分。不知您体内的子弹是否取出，腿伤可好？有什么要求尽管提吧，虽然国家正值困难时期，但您是国家的功臣，是国家照顾的对象，我通过民政部门也未查到您的音信。无论现在、将来，您的困难就是我的困难，我时刻记着老团长的那句话：我多吃一口，别人就会少吃一口。那就请您一定让我少吃一口来报答您的救命大恩吧！

　　如收到此信，请万望回音。

　　昔日战壕里的二顺子敬上！

1959 年 10 月 1 日

　　洪心满眼的泪水如珍珠断线般跌落，胸口隐隐作痛。他瞅着那沓钞票、那封信和那副靠肩磨得锃亮的剃头挑子，在爷爷低矮的房里整整坐了一夜。

　　第二天，朝阳正从遥远的天际冉冉升起，古树镇的人们远远望去，又见古树下面洪师傅那副熟悉的剃头挑子，只是剃头的不是洪师傅，而是一个年轻人，走近一看，古树上还挂了块牌子：理发，下岗工人半价。

（载《微型小说选刊》1999 年第 24 期）

1991年3月25日

高海涛

商城与大酒店的出现，使紫苏街成了一条繁华的商业街。

欧亨利修表店是商城与大酒店的斜对面的一家不显眼的小店。然而，就是在市声最为嘈杂的时候，一走进欧亨利修表店，旋即就没有了任何声音。当你有了一种沉入山谷的感觉时，对面楼上便会穿透嘈杂，飘来一曲萨克斯的《回家》或者《人鬼情未了》。

独身的宗白虽只有34岁，但他的欧亨利却有15年的历史了。开始的欧亨利是以它新潮的造型与很怪的外墙颜色在紫苏街上突兀立着的。它的对面是碧水浮荷、白鸭红掌、垂柳苇岸的紫苏湖。手头没了活，宗白就喜欢听着飘来的萨克斯看小说，他最喜欢读欧·亨利的《最后一片叶子》，他已经能把这篇小说倒背如流了，可他还是对着书，一字一句地细读。起初，小店是宗白跟一个叫飞杨草的女孩一起改造的。当然，从总体构思到具体方案，都是飞杨草一手操办的。

那天，飞杨草与宗白坐在垂柳苇岸上，望着碧水浮荷下的白鸭红掌说："宗白，你开家钟表修理店吧！"

"在哪里？"

"把你们家临街的房子一改造就行。"

1991年3月25日，紫苏湖刚刚解冻。一大早，飞杨草就闯进了小店："宗白，我想到南方闯闯。"

宗白无话可说，只是吃惊地看着飞杨草那神采飞扬的脸。

"宗白，答应我。"她抬头看了一下墙上的钟表，"宗白，你把表就停在今天，5 年后的今天，我就回来和你结婚。"

飞杨草给宗白的来信越来越少，到 1996 年 3 月 25 日来了一张明信片后，就再也没有了她的消息。

有一天，大约是上午 10 时的光景，小店里进来了一个女子，很有韵致，以至于刚进来时，他把她当成了飞杨草。

女子是来修表的，表是带日历的那种。宗白打开表后，发现是它停的时间太长，锈住了。

后来，那女子便常到小店坐坐，时间一长，宗白知道了她叫白芷。但他不知道白芷修表的原因是决定不回去找她的男朋友了。因为她已成了一个舞女。

白芷来到小店后，不但能听到萨克斯曲，还能听宗白谈文学。白芷只是听，从来不插话，当宗白第三次讲《最后一片叶子》时，白芷落下了眼泪。

后来，对面楼上传来了萨克斯曲。

白芷又来了，宗白说："远处传来的萨克斯曲更具一种韵味。"这时，白芷的脸上就有一丝让人满意后的笑。

一天，宗白同白芷讲了一个 1991 年 3 月 25 日的故事。白芷是含着泪听完这个故事的。这次她开口了："故事中的男主人公是谁？"

宗白就告诉了白芷。

白芷很多天没到小店来了。听着对面楼上的萨克斯曲，宗白有点想白芷。就在这时，白芷表情异常地来到小店，宗白发现她的手中拿了一瓶药。

就从这一天开始，对面楼上的录音机一直响了两天两夜，却只是《回家》和《人鬼情未了》。宗白想，这一定是一台自动翻带的录音机，放着主人自己翻录的歌曲，直到第二天下半夜，萨克斯曲戛然而止。由于录音机连续工作时间太长，发热起了火。嘈杂的救火声是吵不着宗白的，何况他已经握书而眠了。

阳光依旧照到宗白的修表台时，小店的门才开。

吱……开门声依然。突然，小店的门狠劲地摔在了墙上，接着是门玻璃的破碎声。

这时，宗白眼前的商城和大酒店已烧成一片废墟。由于风向问题，大火没有蔓延到街道的对面。

几天后，废墟的一间出租房内发现了一具烧焦的女尸。

于是，杀人焚尸成了大火成因的一条主要线索。

后经法医鉴定，女人为服药自杀。她死后的第二天深夜才失的火。

市委决定，商城与大酒店不再重修，而是拆除后，恢复为原来的紫苏湖。

欧亨利修表店依旧如昨，但有了湖水后，它更显眼了。小店墙上的挂钟依然是 1991 年 3 月 25 日，但是秒针似乎在动了，只是白芷再也没有来过。飞杨草来了信，恢复紫苏湖的资金是她投的，她将回来继续在湖上开发一些项目。

（载《微型小说选刊》2000 年第 5 期）

"小心，你头上有把刀"

蔡　楠

神经病——，我哥这样说我。

脑子有问题——，我嫂也这样说我。

我哥我嫂是在我说了一句真话后才这样说我的。那一天，他们开着一辆"奥迪"回乡下来看我爹我娘。车停在家门口，喇叭声抻直了一村人的耳朵。村人们都说，你看人家韩家那大小子，局长当着，小车坐着，大兜小包的东西拎着，水葱儿样的媳妇挽着，多风光，啧啧。我爹我娘就慈眉善目地把来看我哥的人们让进屋，拿出哥哥带来的香烟散放到人们手中。人们就围上我哥，问他职务的有，同他叙旧的有，求他办事的也有。我哥一副首长派头，挺着鼓起的将军肚，哼啊哈啊地应付着。

那时，我被挤在墙旮旯里，一眨不眨地望着我哥。望着望着，我就眯起了眼睛。这时，我就发现我哥头上悬着一把刀，很锋利很锋利的一把刀，那刀晃悠着，晃悠着，随时都有可能落下来。发现这一问题后，我就挤到我哥面前，焦急地说，哥，哥，我发现你头上有把刀。

众人的目光就唰地一下子向局长的头上望去。他们没有看见那把刀，他们只看见我哥头顶上有一根竹竿在晃悠着，那是我爹夏天用来挂蚊帐的。

于是，我哥我嫂就说出了开头那两句话。

那天，我哥临回城里的时候，对我爹我娘说，老二的病该去医院看看了，晚了怕连个对象也说不上呢！

我爹我娘听了我哥的话，他们真的把我带到城里来看病了。在医院里，医生们给我做了脑电图，拍了X线，甚至还做了CT，然后在我的病历本上签了意见，我认得那两个字念"正常"。

晚上我们就住在我哥家。我哥在一个很不错的局里当局长，所以我哥能住170平方米四室两厅的房子，能享受一切现代化的生活。当我坐在我哥家宽敞的家庭影院时，我想起了小时候在农村大场里看露天电影的情景。

快吃晚饭的时候，我哥的小车司机来接我们。他把我们送到一个大酒店，对我嫂子说，韩局长在208房间等着，吃完饭我再来接你们！说完，他就又把小车无声无息地开走了。嫂子把我们领上楼，我哥和一个块头很大的人正在房间里交谈着。见我们进来，那个块头挺大的人慌忙站起来，把我们全让到正座上，然后把眼神递给了我哥，韩局长，可以上菜了吧？我哥就很矜持地点一下头，倾过身子对我爹我娘说，宋经理是咱县里的大款儿，他听说您二老来了，非安排一顿便饭不可，老宋这人哪样儿都好，就是这热情太烦人了！老宋一边给我们倒水一边把笑脸送到了老人的面前，小意思小意思，能请老爷子老太太吃顿便饭是我的造化呢！

那顿便饭上了一些很"方便"的菜肴，清炖甲鱼、清蒸河蟹、盐水基围虾，还有一盘鹿肉；也上了一瓶很"方便"的酒，名字很好记，是鬼酒，不，酒鬼。那些很"方便"的菜我在乡下都吃着不方便，所以我就吃得多一些。

我吃饱了，我哥和宋老板的酒才进行了一半。不知什么时候他们叫进来一个服务员，那服务员斟一杯他们就喝一杯，真他娘的会享受。我就望着宋老板和我哥，望着望着，又发现了我哥头上那把刀，它晃晃悠悠的，快挨着我哥的头皮了。我想告诉我哥，又怕他们骂我，吃了人家的嘴短，算了算了！

但最后我还是说了出来。那是吃完晚饭离开饭店的时候，宋经理把两瓶人参酒和两条红塔山香烟塞给了我哥，韩局长，酒，给老爷子喝，这烟嘛，你就亲自抽吧。说着，他还在烟上重重地拍了两下。我哥轻轻地推托了一下，就让我嫂子收了。就在我哥坐进小轿车的时候，我又看到了车门上悬挂着一把刀。这时，我再也忍不住了，我大声地说，哥，小心，你头上有把刀！

我又一次挨了骂。第二天，我爹我娘就把我带回了乡下。我再也吃不上那样"方便"的饭菜了。

那个深夜的电话铃声响得急促而突然。我迷迷糊糊地起来接电话，是我嫂的声音。老二，你哥犯事了，他……他进去了，那该死的老宋在烟盒里装的不是烟卷，是钱哪！你……你和咱爹咱娘明天快来吧！说完，我嫂已经哭得走了调儿。

我拿着听筒一句话也说不出来。我爹我娘都醒了，他们问我出了什么事，我幸灾乐祸地说，我哥头上那把刀落下来了。

（载《微型小说选刊》2000年第6期）

毒不死的狗

陈永林

青山从畈里回来时，见院子里躺了一地的死鸡，心痛得针扎一样，又是村长那条狼狗咬死了他家的鸡！以往，村长的那条狼狗只咬死一两只鸡，这回可好，他家十几只下蛋的母鸡全让那狼狗咬死了。青山气得脸红脖子粗，哧哧地喘着粗气。

女人回来时，见了一地的死鸡，腿一软，就瘫在地上了。青山把女人扶起来，叹着气说，伤心有啥用？自认倒霉！女人说，这口气我咽不下。女人把死鸡装进一个蛇皮袋里，拎着袋子就出门了。青山说，你干啥？女人说，我要找村长评理。青山把女人拉进屋，你吃了豹子胆？你若和村长吵翻了，我们还有好日子过？女人说，我管不了那么多，村长欺人太甚了。青山说，有啥办法？有气往肚子里咽，谁叫它是村长的狗。再说，村长的这条狼狗不只咬死了我们的鸡，村里哪家的鸡，那狼狗没咬死过？他们不找村长吵，我们为啥找村长吵？村里人都希望我们去跟村长吵呢。女人说，那我们家的鸡就白白让村长的狗咬死？青山说，你说咋办？女人说，拿老鼠药毒死它。青山说，我也想毒死这条狗，可万一村长发现是我们毒死了他的狗，那我们就别想在村里待下去了，还是忍吧。说不定，别人会毒死村长的狗。

村长的狗仍时不时来青山家。青山放在桌上的菜呀饭呀，那条狼狗总跳上桌吃个够。青山再也忍受不了，青山便想毒死村长的狗。青山买来老鼠药，放进肉包子里。青山把肉包子放在桌上的碗里，故意敞开门。

村长的狗果然来了。可那条狗还没进青山的屋，就在门口倒下了。那狗口吐白沫，四脚乱蹬，浑身痉挛着。青山知道这狗是吃了人家投的老鼠药。青山忙喊女人，快泡肥皂水。女人说，你还救村长的狗？青山说，你头发长见识短。村长的狗若在我们家门前死了，村长准以为是我们毒死了他的狼狗，那我们能赔得起吗？如我们这回救活了村长的狗，村长心里会感激我们。到时我们如有事找村长，村长还不爽快帮我们办？

女人泡了一脸盆肥皂水。青山掰开狗的嘴，灌进肥皂水。狗把肚子里的东西全吐出来了。青山说，这狗没事了。你快去叫村长。一会儿，村长来了，村长见了躺在地上的狗，骂，这是哪个狗日的想毒死我的狗？青山脸上忙堆着笑，你这狼狗到了我家门口，就躺下了。我忙给狗灌肥皂水，幸好灌得及时，要不这狼狗没救了。这时，狼狗从地上爬起来，摇摇晃晃地跟着村长回家了。

女人说，你还说毒死村长的狗，现在却救了村长的狗！

村长的狗仍在村里作威作福，今天咬死东家的鸡，明天咬伤西家的小孩。村里人心里对村长的狗恨之入骨，都希望这条狗快死掉。村里人暗地里都怪青山不该救村长的狗，要不，他们家再不会受损失了。因而村里人见了青山，都冷着脸。青山同他们打招呼，他们也不搭理。青山就解释，我也是没办法。村长的狗如在我家门口死了，那村长还不说是我毒死的？青山把村里人全得罪了。

村长的狗有灵性。青山救了它，它后来再没来青山家干过坏事。一见青山，还摇头摆尾地亲昵。可青山仍想毒死村长的狗。女人不理解，它现在不害我们，你还毒死它干吗？青山说，它不死，村里人受更大的祸害，那村里人就更恨我们。女人说，如果村长知道我们毒死了他的狗，那咋办？青山说，村长不会再怀疑我们。我们如想毒死他的狗，那上回为啥还救它？村长的狗吃了青山放了老鼠药的包子走了。青山长长地舒了口气，这条害人的狗再不会害人了。

可是第二天，村长的狗仍活得好好的。前一天，村长的狗吃了青山放了老鼠药的包子，走到牛二的门前"扑通"一声躺下了。牛二想，如这狗在我门口死了，村长不就说是我毒死了他的狗？牛二也泡了一盆肥皂水给狗灌下去。这样村长的狗又活过来了。

青山便惶惶不安了，担心村长查出来是他毒害了狗。青山便后悔毒害村长的狗，又恨救活村长狼狗的牛二。

（载《微型小说选刊》2000 年第 8 期）

要　钱

邓耀华

春节将至，县长很着急，县长知道下面的乡镇的镇长们到了年关都要找他要钱。全县的工作靠的是基层的一帮子镇长，你不给钱，面子上过不去。县是穷县，一点可怜的财政收入很难维持全县的支出，县长就想方设法到处要钱。县辖区有一家大型国有轴承厂，县长每次找厂长，厂长都能给个十万八万。

这一次，县长又到厂里要钱。厂长是个爽快人，说，县长我晓得你来厂里的目的，不过这次不能轻而易举地就给你，你得喝酒，喝一碗给你一万，上不封顶。厂长是个北方汉子，酒量大，喜欢搅酒逗乐儿。县长本来酒量不大，胃又不太好，就有些为难。

厂长笑着说，你不喝就算了，那么这钱就别想要了。

县长咬了咬牙，说，好，我喝一碗一万，你厂长说话得算数。厂长说君子一言，驷马难追。

县长就一碗一碗地喝，碗是细瓷小碗，能装一两酒，县长喝到第9碗时，已经头昏眼花舌头根发直。县长想，再喝一碗就是10碗，10碗就是10万。县长就一仰脖子，拼着老命喝下了第10碗，也就在第10碗酒进肚时，县长一咕噜栽倒在桌子下面。

县长整整睡了3天才醒过神来。醒过神来的县长好像大病了一场。

乡长听说县长要回了10万元钱，就找县长。乡长说，我们那个破破烂烂的小街道要改造，县长您开开恩给点钱吧。

县长从外面要钱回来，本来就是准备给下边乡镇的，乡长一说，县长就答应了。县长说，乡长你知道，我要的钱是拿身家性命换来的，说给你就给你也太便宜你了。

乡长说，县长，那您说咋整？

县长说，咋整？好整。你给我喝酒，喝一碗，我给你1000元。县长也学厂长的做法，想逗一逗乡长。

乡长很干脆，乡长仗着自己年轻，又有点酒量，就在酒桌上喝开了，乡长喝了15碗，喝得鼻涕口水挂了一尺来长。乡长整整睡了4天才恢复元气。

村长听说乡长从县上要回来15000块钱，就去找乡长。村长说，乡长，听说您要回来不少钱，给我们村一点吧，村小学房子漏雨，需要钱维修，还有几个困难户年关需要照顾一下。

乡长说，村长你晓得我这钱是拿命要来的，说给你就给你也太便宜你了。

村长说，咋整？

乡长说，咋整？好整，跟我从县里要钱一样，喝酒，喝一碗我给你100元。

村长说行，乡长您说话可得算数。

乡长说，我啥时候骗过你了？

村长就喝，村长一直喝了20碗，结果醉得人事不省，是乡里小车送回去的，村长回去后，整整睡了5天才清醒过来。村长清醒过来后，找村里会计说，会计你把张三李四王二麻子几个困难户叫来，每户发50块救济款，好让他们过年时割点肉买点酒。

会计说好，我这就去。村长说，会计你知道，我这钱是拿命换来的，你给他们几个穷鬼说，叫他们合伙整一场酒席算了，算是慰劳我老人家吧！

（载《微型小说选刊》2000 年第 11 期）

休止悲悯

邵宝健

1

郭乃儒的少年时代。那年，他读初中二年级了。这天上学路上，他遇到一求乞老媪，心里顿生悲悯，从上衣口袋里掏出仅有的一枚两分硬币，轻声轻气地说："对不起，老奶奶，我只有两分钱，给您吧，您莫嫌少噢。"

老媪朝他鞠躬："谢谢了，小弟弟。"

郭乃儒红着脸说："不用谢。"

2

郭乃儒中专毕业后，参加工作了。那天，他刚领回工资：50元。归家途中，他遇到一跪在地上的求乞老翁。悲悯的情绪在心里荡漾，他稍作迟疑，拿出月工资的五分之一——10元，躬身放进地上那只盛钱的搪瓷杯里。

老翁见状，抱拳作揖："大恩人哪，谢谢啦，大恩人哪……"

郭乃儒叹口气："唉，别这么叫我，不用谢的……"

3

郭乃儒刚过完 25 岁生日。他正沉浸在初恋的浓情蜜意中。那天晚上，他和漂亮的恋人在公园旁的小街上散步。

"先生，小姐，行行好吧！"一蓬头垢面的求乞少女拦住他俩。

郭乃儒从钱包里掏出一张 50 元面值的大票，递之。

求乞少女认真看了这张大票，随即做惊诧状："先生，您给得太多了，我找给您一点零钱吧。"

郭乃儒挽起恋人的手臂，爽气地说："不用找了，全给你了。"

4

结婚后的郭乃儒经过几年的奋斗，家庭步入小康。虽然住的还是父亲留给他的老式平房，但室内已有现代化的家电：彩电、冰箱、洗衣机、录音机。

这天午后，他坐在临河公园的露天茶室里，等一位朋友来洽谈生意。此时，朋友尚未到，却来了一求乞的小男孩："叔叔，好心的叔叔，行行好吧！"

他瞟了小男孩一眼，翻了几只口袋，好半天，才摸出一枚五角硬币，掷之。

5

郭乃儒银行卡里的存款已接近 20 万元了。一日，雨中的他撑着黑布伞，前往银行，准备把刚赚得的 3000 元存之。途中，他被一对求乞夫妇叫住。那男的似乎更会说话："先生，冒昧打扰一下，我们……想求您帮个忙。"

郭乃儒的脸色是温和的，但说的话却让对方失望："很抱歉，今天我没带钱。我很忙，再见。"说完，他步履匆匆地离开了。走远了，他旋转身回眸，雨茫茫。

6

郭乃儒 40 岁了。他开的那家公司正值兴旺期，他已拥有 500 万元家资。新近他花了 80 万元在市中心购置了豪华住宅一套。这天傍晚，他步出生活小区，去参加由保龄球馆老板做东的酒宴。

一辨不清性别、估不准年龄的求乞者从他身后抄到前面："老板，行行好，老板，给点钱吧……"

郭乃儒面露愠色："谁是老板？我不是老板。要钱？没有，一分钱也没有！"

求乞者重复刚才的请求，语气更为可怜。

郭乃儒说声"岂有此理"，扬长而去。

（载《微型小说选刊》2000 年第 15 期）

半个故事和三个结尾

凌可新

　　这么五七片雪花你根本没在乎，你手里捏着蓝花瓷酒盅，有一种暖暖的感觉。望着小酒馆里出出进进的人你笑了，尽管有一丝说不出的苦在里面但你笑了。把盅里的酒咽进去后，你发现这家小小的酒馆其实十分暖和。你不对人忌讳你进城的目的，你是来领儿子的，你的儿子被关进监狱三年。你从未想到有一天会来领他回去，你曾对别人说你儿子死了，至少在你心里死了。但你无法绕过他。

　　你丢下酒盅时已经醉了。你喝光了一瓶白酒。你朦胧的意念中有一点清晰如旧：你又得亲手教训那不肖之子了。其实你对你的儿子一直是十分严肃的。儿子十分怕你，三年来你总是后悔对他的教育太少了太轻了。要不，他也不会走这一步路。今天你来，就是为了弥补你的缺憾。你的手又痒了。你的手痒了三年了。

　　付了钱，你晃出酒馆。大约这是这个冬天最后一场雪了，它们一落到街面上，很快就化没了，不见了。你的手插在衣兜里，攥住一团东西。那东西冰一样冷，像一条死去的蛇。

　　这三年，一想到儿子你就气得头疼。你争胜要强了半辈子，得到的好名声，没想到被儿子一下子给败光了。你恨不得一刀捅了他。这个念头纠缠了你好长的时间，今天你又可以收拾他了。想到这里你就笑，笑完了你又想哭。到现在你还是认为，只有棍棒才可以修理出一个有用的人来。

街很长，你向路人打听监狱在什么地方，得到的尽是吃惊的目光。儿子被抓起来后你从没去看过他，甚至不知道他被关在什么地方。你认为不需要了。确实，儿子已经在你心里死去了。你一边走一边想象着跟儿子见面会是怎样的一种情景。你想象不出来他会是个什么样子。

远远地看见监狱了，你周身的热血开始沸腾起来。你吐了一口恶狠狠的浊气，抓攥着那团东西的手抖得厉害……

结尾一：你红着眼走进接待室，一眼就看见了畏畏缩缩站在一边的儿子。忽然间你觉得儿子很可怜。他原来很明亮的一双眼睛已黯然无光。你似乎想扑过去紧紧抱住他，但马上又改变了主意。你走过去，恶狠狠地给了他两个无比响亮的耳光。你看见他哭了，泪水和鼻血满了一脸。你把衣兜里的那团东西取出来，是一根浸透水的绳子，你拎着它在儿子身上死命地抽、抽、抽……

结尾二：你红着眼走进接待室。你没有看见你的儿子，你问一个穿警服的人。那人冷冰冰地看了你一眼，说："你儿子本来是今天刑满释放的，可他怕见到你，他说你以前打起来不要命，他怕回去后你饶不了他，今天早晨，他撞墙自杀了！"一时间你蒙了，握攥着那团东西的手松开了，你号啕大哭。但是晚了，一切都不可挽回了……

结尾三：你红着眼走进接待室。你没有看见你的儿子，你问一个穿警服的人。那人一听你是XXX的父亲，立刻抓住你的手，表情激动地说："你儿子真了不起！"你满脸疑惑，不知道一个刑事犯怎么会了不起。那人继续说："昨天半夜有个杀人犯越狱逃跑，你儿子见了，奋不顾身地扑上去，与他展开了一场生死搏斗。他身负重伤倒下去，却为我们赢得了宝贵的时间。你放心，他正在医院抢救……"

你握着的那团东西慢慢地松开了。你呆呆地站在那里，一时间痴了。外边的雪花还在飘飘扬扬地下着。直到现在你才真正感受到，这大概是一年中最后的一个雪天，竟然分外地温暖迷人……

（载《微型小说选刊》2000 年第 16 期）

狮子·蚊子·孩子

胡双庆

在春天的阳光下，孩子静静地读着一本《伊索寓言》。

孩子长得很英俊，两只眼睛像夜空中的星星，这使他的童年透明而聪颖。阳光吻在他的脸上，把他的仪容修饰得更加生动。孩子的心像纸船一样在那位古希腊文学家创造的寓言的河流上漂游。他感到幸福痴迷而沉醉。

孩子看到了一只美丽的蚊子和一头健壮的狮子。那只蚊子以曼妙的姿态在空中划出了一道发亮的弧线。蚊子飞近了趾高气扬的狮子，狮子的眼睛里射出不屑一顾的目光。

狮子说："信不信我可以一口吞了你。"

蚊子不为所动。孩子觉得那时蚊子的表情很有大将风范。蚊子甚至平静地朝狮子笑了一下。

蚊子说："我们可以比一比，看谁能够打败谁。"

狮子觉得蚊子的话荒唐可笑，狮子说："不自量力，这可是你自找的。"

蚊子说："来吧。"孩子看到蚊子轻捷地冲上了狮子鼻子的周围，那些地方没有毛。蚊子的嘴像箭一样刺穿了狮子的肌肤。狮子用利爪击打蚊子，但它除了把自己的脸抓得血肉模糊外一无所获。

——蚊子灵巧地避开了狮子的攻击。最后，狮子气喘吁吁地倒在地上，像一头蠢熊。孩子看到蚊子的身上光芒万丈，他还好像听到蚊子的凯歌覆盖了整个寰宇。

孩子兴奋地跳了起来，他为蚊子欢呼。他觉得这是一只无比伟大的蚊子，无与伦比的蚊子。它像太阳一样从伊索的寓言世界里升起来，成为一种永恒。

后来孩子重新坐下来，看下面发生的故事。他觉得蚊子应该被动物们拥立为王，最好住进一所富丽堂皇的宫殿。然而接下来的事情让孩子瞠目结舌——那只英雄的蚊子撞上了一个蜘蛛网，被一只可恶的蜘蛛俘虏了。

孩子扔掉了《伊索寓言》，捧着下巴生起气来。他开始恨起了伊索，他想这个无知的老头子怎么会让蚊子撞上一个蜘蛛网呢？他一定是对蚊子产生了嫉妒。孩子无论如何也接受不了这个结局，他要拯救那只让他从骨子里崇拜的蚊子。孩子想啊想，就为这则寓言续上了一个尾巴：当蜘蛛就要吃掉蚊子的时候，天上突然飞下了一只鸟，那只鸟生着长长的喙，它一口就啄下了丑陋的蜘蛛，而蚊子继续唱着凯歌飞向了它的王国……

孩子为这个设想激动了好一阵子。那只威风八面的蚊子占据了他生命的全部。在以后的日子里，他总是喜欢给伙伴们讲蚊子的故事，讲他甚为得意的那个漂亮的尾巴，讲的时候眼眸都被蚊子照亮了。而在每一个夏天，蚊子吸食孩子的血时，孩子总是心甘情愿，甚至感到幸福。他还不许爸爸打蚊子，这让爸爸感到莫名其妙。

"不许伤害我心中的英雄！"孩子说。

若干年以后，孩子长大了。

长大了的孩子同样很英俊，有一头乌黑的亮发和一张棱角分明的脸。孩子也同样很聪明，轻轻松松成了暴发户。

孩子对蚊子的故事刻骨铭心。孩子像蚊子一样俘虏了几个高高在上的人，不同的是，蚊子用的是嘴，而孩子用的是钱。

　　孩子神通广大，所向披靡。孩子是这个城市里灿若晨星的人物，他的光彩照亮了成千上万双崇拜者的眼睛。

　　在一次酒宴上，孩子醉了。孩子看到那只光芒万丈的蚊子从寓言里飞出，在他的面前翩然舞蹈。孩子似乎还听到了蚊子的凯歌，歌声覆盖了整个光怪陆离的城市。

　　孩子说："知道吗？我……我就是一只蚊子！"

　　"蚊子……哈哈哈！"所有的人都开怀大笑了，"你可真幽默呵！"

　　孩子进了监狱，是不久后的事。

　　孩子在号房里痴痴地回忆着蚊子的故事。后来，他开始后悔自己给那则寓言添上的尾巴。他知道那只蚊子不可能有另外的结局，事实是：威严的蜘蛛毫不留情地吃掉了蚊子，就这样。

　　谁也不可能从蛛网上逃脱。孩子想。

　　那是一张天网。

（载《微型小说选刊》2000 年第 17 期）

真实的故事

刘桂先

　　王德有两大爱好，一是爱好交朋友，二是爱好讲故事。他的朋友，以多而闻名。到底有多少朋友，他自己也说不清。他的故事，以真实而著称，不管是什么故事，总是时间、地点、人物等各个要素一应俱全。

　　一日，王德和几个朋友在饭店饮酒。几杯剑南春下肚，大家都兴奋起来，有人嚷道："老王，来段故事！"

　　"行。"王德很是爽快，"不过，我讲一个故事，你得多喝一杯酒。""没问题。"那人同样爽快，"但是，你可得讲真实的故事。"

　　王德把一杯酒倒进嘴里，显得有些不快："我什么时候讲过虚假的故事？告诉你，我今天就讲一个自己亲身经历的故事。这不可能有假吧？"

　　在热烈的掌声中，王德开始讲了。他说："那年的春天，我到山东出差。火车上，和我坐在一起的是一位妙龄女郎。她长得实在是漂亮，就跟大明星巩俐差不多。旅途太寂寞了，我就讲故事给她听，听得她眼睛都不敢眨一眨。后来，我在济南下了车，哪知她也下了车，并跟着我住进了一家旅店。她说，我讲的故事她还没有听够，要我再讲给她听。就这样，我们虽然萍水相逢，却有了一个销魂之夜……"

突然，王德话锋一转："你们猜，那位小姐的什么最让我忘不了？"

"长头发？那位小姐的头发一定很飘逸。"朋友甲说。

王德摇摇头。

"眼睛？那位小姐的眼睛一定很迷人。"朋友乙说。

王德摇摇头。

"身材？那位小姐的身材一定很诱人。"朋友丙说。

王德摇摇头。

"别卖关子了，快说吧。"朋友们一齐催道。

王德双眼蒙眬着，好像陶醉在某种遐想中："最让我忘不了的是她屁股上的一对胎记……"众人哗笑不已。

王德在股级岗位上已经整整 10 个年头了。这次组织上准备把他提拔到副科级岗位上。根据干部提拔制度，县报上刊登了他和其他拟提拔的同志的名单，以便听取各方面的意见。

公示之后，王德非但没有被提拔，反而接到组织部门的通知，要他去接受诫勉谈话。

领导问他："听说你有一次到山东出差，在火车上遇到一个姑娘？"

"是的。"王德点点头。

领导继续问他："后来你就用故事迷住了她？"

"是的。"王德又点点头。

"再后来，你们就一起住进了济南的一家小旅馆？你还记住了那个姑娘屁股上的一对胎记？"领导的语调提高了许多。

"是的，这都是真实的故事。"王德耷拉着脑袋，有气无力地说。

"同志，虽然现在改革开放了，但是在男女问题上仍然要严格要求，决不能犯错误啊。"领导很严肃，也很诚恳。

"我知道。其、其实那个姑娘就是我现在的老婆。"王德不好意思地说。

"不可能吧。"领导难以置信，"谁会拿自己的老婆开玩笑？"

"真的，我讲的是真实的故事。组织上如果不相信，可以去调查。"王德认真地说。

"难道你要组织上去检查你老婆的屁股？"领导的脸沉了下来。

王德愣在那里，什么话也说不出来了。

（载《微型小说选刊》2000 年第 21 期）

口红魔女

　　不知什么时候，城市的广场上立了一块高高大大的广告牌，广告牌上是一个女人的面部特写，双眸熠熠生辉，特别是那微启的双唇娇媚无比，鲜艳欲滴。这是一则叫"A"牌的口红广告。

　　自从立了这块广告牌，本来人流如潮的广场更拥挤了。因为城市里的男人们都被广告上的女人迷住了，他们走到这儿都情不自禁地把目光投向广告牌，挪不动脚步。说男人们是各有所思也可以，但说他们是心怀鬼胎更合适。他们有的拿自己的老婆和广告牌上的女人做比较，越比越觉得自己这辈子亏了，娶了个老妖婆；有的拿自己的小蜜和广告牌上的女人作比较，越比越失望，当初真是鬼迷了心窍；有的则把广告牌上的女人当作梦中情人，沉醉在美妙的幻想中。

　　有一天晚上，口红广告的模特女郎从广告牌上走了下来，站在城市一条繁华大街的昏黄路灯下。这时正是男人们出来消费的黄金时段。一个老男人走了过来，他的眼睛虽然已有点昏花了，可他却老远就注意到了这个漂亮的姑娘。他觉得这个姑娘有点面熟，可一时又想不起在哪里见过。特别是她的双唇似红樱桃般迷人，不亲上一口简直太遗憾了。

　　他走到女郎身边，用暧昧的语气说："小妞，请你去唱歌吧。"

　　女郎一言不发，就挽起老男人的胳膊。走到不远的树荫下，老男人就迫不及待地搂着女郎亲起来……

一会儿，女郎又回来了，还站在原来的那个地方。

不久，又来了一个男人，这个男人无疑也被女郎不凡的美貌所吸引。他觉得好像在哪儿见到过女郎，特别是那性感的双唇，当时令他浮想联翩……没想到在这儿却遇见了她，真是天赐良缘啦！男人这么想着，便走到女郎身边，他比那个老男人更为直接："小妞，开个价吧。"

女郎朱唇轻启，嫣然一笑，就任由男人挽着她的胳膊进了一条小巷。

刚到暗处，男人就抱住女郎，把满是蒜臭的嘴凑向女郎性感的红唇……

一会儿，女郎从小巷中走出，还是站到原来的那个地方。这时候又走过来一个男人："小妞，开个价。"

女郎还是一言未发，就随男人消失在朦胧路灯下……

第二天，这个城市医院的五官科都挤满了人，门口排成了长队。这些男人都患了一种病——一夜之间嘴唇都不知道丢到哪里去了，两排白白的牙齿露在外面很吓人。

就在当天，一个捡破烂的老汉走到广场的口红广告牌下，吓得全身汗毛都竖了起来：广告牌下有一堆血淋淋的嘴唇！

而广告牌上的女人却不见了，只剩下大片锈迹斑斑的漆块。

（载《微型小说选刊》2000 年第 21 期）

游戏无规则

吕啸天

　　冬超和雪音的婚姻之舟驶入第五个航道时，亮起了红灯，他们已找不到昔日的激情了。两人如同在黑夜中行走迷了路一样，感到沮丧和茫然。

　　"这一定是婚前激情透支过度而出现的暂时疲软！"冬超反思婚姻质量的同时，想到了一个刺激对方激情的办法：让她缺乏安全感，她将会全身心去经营婚姻。

　　冬超为编造一个虚构的婚外情而奔忙着，下班后没有准时回家，外出应酬的机会也日渐多起来。

　　一个雨夜，冬超告诉了她一个婚外故事："音，告诉你一件事，你可别生气！"

　　"哦！"正在床上看安顿《绝对隐私》的雪音闻言抬起头，疑惑地看着冬超。

　　"有一个女人看上了我！"

　　"是吗？"雪音淡然一笑。

　　"你不信？"冬超看出了雪音的疑惑，连忙补充说，"她今年28岁，是一位刚离婚的少妇！"

　　雪音又淡淡一笑说："她一定是近视眼，要不，怎么会看上你？"

　　冬超没有再说，知道说了她也不信。隔了数日，吃晚饭时，冬超又提起了那个婚外"情人"："她今天又给我打电话了！"

雪音脸色变得阴沉起来："真的吗？"

"这还有假的？"冬超装作很认真的样子说，"她说要我跟她去旅游，我没有答应她，我说，我是有家室的人……"

"别说了！"雪音粗暴地打断了他的话，饭也不吃了，起身进了卧室。

冬超暗暗一笑，为"计谋"的初步生效而感到鼓舞。

冬超完全没有想到的是，雪音会变得那样激动和失态，全因为接到了一个奇怪的电话。那天夜里约10时，冬超"应酬"还没回家，雪音接到了一个电话，是个女的打来的。

"你找谁？"雪音说话时，心跳加快。

对方幽幽地说："我要找你男人！"

雪音问："你找他有事吗？"

对方嘻嘻一笑说："我想和你男人困觉！"

"你……流氓！"雪音正想把对方痛骂一番，对方却挂断了电话。

放下电话，雪音的心乱极了。无风不起浪，她想冬超的话不能不信一些了。她一边抱怨冬超的轻率不负责任，一边又感慨婚姻的脆弱。

大约过了半个月，雪音又接到了那个奇怪的电话，电话那头的女人仍重复说："我要找你的男人，我想和你男人困觉。"

雪音心烦了：冬超怎么会碰到这么一个无耻的女人呢？内心极度痛苦的她为这场婚姻的走向设计了两个方案：要么用女性的柔情和魅力将冬超从悬崖边拉回来，但这多委屈自己呀！我这不是在用别人的错误来惩罚自己？要么就一刀两断。但现在似乎还未到收拾残局的时候。否定了这两个方案的雪音选择了离家出走，她登上了去西藏的列车，期望能用大自然的神奇去涤荡自己烦杂的心灵。

旅程无聊，雪音随手买了一张当地的报纸，打开一看，竟读到一则令她目瞪口呆的新闻报道：近日警方破获了一起电话骚扰案，一精神失常的少妇常在夜间打电话骚扰一些住户……

雪音丢下手中的报纸。大叫：停车！我要回家！

但呼啸的列车根本无法停下来……

（载《微型小说选刊》2000 年第 23 期）

香水瓶

海　飞

　　那一天他捡到了一只香水瓶。他记不得具体日子了，只记得那天的阳光很好，有一些风，风中有高音喇叭的声音，要斗私要批修要将阶级斗争进行到底。他看到对面洋楼里一个年轻女人的身影在窗口晃了一下，接着窗口跌落一瓶香水，确切地说是半瓶香水。它安静地躺在泥地上，一只手把它捡了起来，这只手就是他的。他拿着香水瓶看了很久，最终拭去上面的泥灰，轻轻地放进衣兜。

　　他搞不懂这瓶香水是丢掉的还是失手掉下的。他认得那个漂亮的女人，算起来应该可以说是邻居。但他很少看见她出门，她和这幢洋楼好像是连在一起分不开的。还有她乌黑的长发像云又像瀑布，还有她华贵的衣裳。

　　他的身边就一直带着这半瓶香水，香水的味道很淡雅，闻到这股味道他就想起那个深居简出的女人。那时候他是化肥厂里的一名造气工，也到了谈对象的年纪。别人给他介绍了许多个姑娘，最终却没有一个谈成。有一天他躺在床上，脑子里忽然跳出了那个丢香水瓶的女人。他被自己的念头吓了一跳，难道自己看上了她？

　　她是有老公的，他也见过，那个个子不是很高的男人戴一顶帽子，身上披着一件淡灰色的大衣……

　　没多久，她被拖出去批斗，她老公也被批斗。在一座桥上，她老公被踢断了肋骨。他也混在人群中，跟着人群喊口号。他举拳的时候，手里捏着那只香水瓶，汗津津的，沾着他的手汗。

他偷偷去给她和她的老公送过一回熟牛肉。在牛棚里吃牛肉的时候，她说："你很面熟，你是谁？"他很高兴，那女人说了几个字他很高兴。他本来想说许多话，话到嘴边只说了一句："我是你邻居。"

后来，女人和她的老公突然消失了。他却时常想起她并且终身未娶。30年后，他也从化肥厂退休。

化肥厂后来被港商整厂收购了，据说要组建化工集团公司。剪彩那天，他也去了。他看到那个港商原来就是她，就是他想念了几十年的女人，她只变化了一点点，一点点。他的身体开始发热，脑门出了许多汗，脸上涌起了红潮。他的手伸进了衣兜，紧紧握住了那只香水瓶，终于他推开人群向前走去，他要问，你还记得吃过我的熟牛肉吗？还记得老邻居吗？还记得许多年前遗落的一只香水瓶吗？

但是他问不出来。他突然发现他发不出声音了，脚步像踩在棉花上，又轻又软。他软软地倒了下去，倒在离港商几步远的地方。

晚报上说老工人看到企业兴旺激动过度而引发脑溢血不幸逝世。晚报上没有提到他的名字，其实他姓陈，叫陈贵。晚报上也没提香水瓶，一个字也没提。香水瓶就在他的衣兜里，香水早蒸发完了，只留下一个空瓶躺在他的衣兜里，很安静，透着淡雅的香味。

（载《微型小说选刊》2000 年第 24 期）

困惑中成熟的三叔

曾 平

驻村干部老刘敲开三叔的门,编竹席的篾叶正在三叔手中不停跳跃。老刘一说,三叔才知道他被镇上定为小康示范户了。明天,县上小康工作检查组一行将到三叔家检查。老刘先来"踩点"。老刘从包中摸出一块明晃晃的小康示范户牌子,找来一条凳子,爬上去,麻利地钉在三叔的堂屋前,拍拍手上的灰,说,成了!成了!

三叔困惑地问,能成?

老刘肯定地说,能成!又利索地从包里掏出一沓关于小康的宣传资料,让三叔停下编竹席的活快来学习学习。

三叔的竹席编得很好,在沙坝一带颇有名气。要买三叔编的竹席,非得提前半年预订。

老刘说,三叔家之所以被确定为编竹席致富奔小康示范户,是镇党委书记、镇长、镇党委副书记、副镇长多次带领镇、村干部深入三叔家中结合三叔家庭的实际反复考察反复论证的结果。

老刘翻开一沓打印好的汇报材料,说,去年以来,书记到三权家中6次,镇长6次,副书记10次。

三叔急了,说,老刘,书记、镇长、副书记我至今还不认识啊!

老刘不急不躁,说,明天你不就认识了!说完,麻利地掏出一沓照片,一张张地指,直到三叔说认识了,认识了,老刘才将照片收好。

老刘翻着汇报材料告诉三叔，三叔编竹席的老师，是镇党委书记3年前穿针引线让三叔拜上的，为了三叔能拜师，镇党委书记3次陪着三叔去竹海乡，拜师那瓶泸州老窖酒还是书记从家中捎上的。

三叔哭丧着脸，说，老刘，我编竹席是跟我爹学的啊！7岁那年我就会了。

老刘不高兴了，批评三叔，说，你这人怎么这么死板嘛！让你明天这么说就这么说嘛！这是工作需要嘛！

老刘表态说，今天席子就别编了，抓紧学习小康的资料，今天明天算两天工作，后天去财政所领两天工资。

不久，老刘又喜滋滋地敲开三叔的门，老刘给三叔送来了100公斤尿素票，不用钱，三叔就可以去镇供销社提货。原来镇上又把三叔定为计划生育工作帮扶户了，明天，市上计划生育工作检查组要到三叔家检查。老刘端来凳子，爬上去，麻利地取下小康示范户的牌子，将计划生育帮扶户的牌子钉上去。

老刘照样翻出一沓宣传资料要三叔突击学习。

老刘照样指着一沓打印好的材料告诉三叔他自己也不知道的一些关于他的事情。

三叔的犟劲上来了。三叔说，这几天，我家既无天灾，也无人祸，既没拾到金银，也没遭抢劫，啥都没发生，怎么一会儿是小康示范户，一会儿又成了帮扶户啦！三叔高矮不要那100公斤尿素。

老刘哈哈大笑，说，不要白不要。不要钱的事你还怕？老刘开导说，你那样死板啊！说你是小康示范户，你就是小康示范户；说你是帮扶户你就是帮扶户，工作需要嘛！

老刘表态说，今明两天，算两天工作，后天，到财政所领钱去。

没几天，三叔提了一只叫鸡公去镇上敲开老刘的家门，三叔一脸讨好的笑，说，刘同志，以后不管什么检查，你只管往我家中领，我算过了，迎接检查比编席子强多了。

（载《微型小说选刊》2001 年第 1 期）

糖醋爱情

海　飞

　　有一天他坐在宽大的办公室里，觉得心里空落落的。他把皮椅转到窗口，窗外是阳光下正在茁壮成长的城市。他努力地想着自己想要干点什么，后来他终于想到，自己不可遏制地有了一种欲望，那就是吃一回前妻做的糖醋排骨。

　　他是这家公司的老总，无情的商战使他身心交瘁。他与前妻离了婚，因为有一天前妻没敲门就进了他的办公室，他不在他应该在的位置上，小秘也不在她该在的位置上。他们离婚了，但是他不缺女人。女人就像鱼一样，而他是水中的礁石，鱼儿们从他身边游过，使他记不清她们的容颜了。突然间，他就是想吃一回前妻做的糖醋排骨。

　　他打了个电话过去，按动手机键时感觉很慌乱，这让他想起第一次和前妻约会时也是这样的心情。前妻沉默了一会儿，说，别来了，他们都不相干了。他说，还是来吧！我真想吃你做的糖醋排骨，就这一次。前妻终于说，好吧！

　　一刻钟后，他开着他的别克来到前妻家的楼下。他对这幢房子有些陌生了，陌生的原因是他沉醉在灯红酒绿中不能自拔。他敲开前妻的门，前妻开门了，他看到前妻略微化了妆，这让他颇感欣慰。

　　他窝在沙发上，看前妻做糖醋排骨。前妻的背影看上去比以前纤细多了，看得出是精心保养的结果，他忽然觉得枕边那些走马观花似的女人，真的都不及前妻美丽。他开始有一些后悔。如果不是发了一点财就翘着尾巴忘了自己是什么东西，那么每天窝在沙发上看前妻做菜的还是他，听前妻唠叨家长里短的也是他。他看着前妻的背影就想起无数次他抚摸着前妻光滑如缎的背，幸福的感觉像一颗子弹击中他的头颅。

他看到前妻调好淀粉，排骨们沾上了少许淀粉后滚进油锅。在油锅里它们高兴得唱啊跳啊，然后，它们像浴后的婴儿，被前妻捞起来，冷却后，又倒进油锅。前妻说，炸了两遍的排骨才会更松脆。接着倒出油，再放入糖醋酱等调料，最后，油亮亮香喷喷的排骨捞起来放上葱末，浇上沙司。前妻将糖醋排骨端到他面前，说，你知道糖醋排骨为什么好吃吗？因为它是甜的，又是酸的。

门铃响了起来，走进来一个男人。前妻在门口接过那男人的提包和外套，并且，他们轻轻地贴了贴脸。这让他很尴尬，前妻没告诉他已经有了男人。当这个男人礼貌地和他打招呼时，他才认出这人竟是他的商业对手，不久前，他下属的一家小公司就被这个人毫不留情地"吃"掉了。

前妻和男人坐在沙发上看电视。前妻正在织毛衣，并且拿毛衣在男人的身上比画着。他面前的糖醋排骨喷香的气味钻进他的鼻孔，他只好硬着头皮吃排骨。从今天开始他重新认识了前妻，其实前妻一直都在等着这一天的到来。他又想起前妻的话，你知道糖醋排骨为什么好吃吗？就因为它是甜的，又是酸的。他开始流泪，他不想流的，但是没办法，泪还是流下来了。这一刻，他希望自己是一只鸟儿，是鸟儿，他就会跃出窗外……

（载《微型小说选刊》2001 年第 2 期）

废 物

祢衡的模样怪怪的，与众不同。他身高体瘦：脑袋硕大，离老远一瞧，就好像牙签上挑着一个馒头。他跟别人讲话时，爱晃脑袋，身边的人都揪着心，怕他一不留神，脑袋掉下来，砸着自己的脚。

祢衡到了 28 岁，觉得满脑袋学问鼓涨得厉害。他就晃荡着一脑袋学问，走出书房，极目四望。

天下大乱，遍地皆王侯。听说当今天子献帝在许昌，祢衡就信步朝许昌奔来。

一到许昌，先拜访好友孔融。孔融说，当今天下虽然姓汉，却是丞相曹操说了算，要见天子，必须通过丞相政审。

那一天风和日丽，祢衡在孔融的推荐下见到了曹操。曹操见祢衡形象古怪，心中暗暗称奇：有奇相必有奇能。一问，果然文韬武略。曹操欣赏他的才能，想留为己用。曹操说，先生愿留在相府，早晚赐教曹某吗？祢衡愣住了，继而哈哈大笑，他说，学得文武艺，货卖帝王家，我乃汉室之民，当辅佐天子，立于庙堂之上，岂可充相府一吏呢？曹操心里很不痛快，想杀掉祢衡，又怕落下害贤之名。只好命人将祢衡请出许昌。

祢衡晃着大脑袋站在许昌城外，他狠狠地吐了一口唾沫，说，我会回来的。

他想游说天下诸侯讨伐曹操。

祢衡信马由缰，一日来到河北地界。祢衡想：河北袁绍位列三公，学生布于四海，不如去说服他兵伐许都。

祢衡满怀希望来见袁绍，不料他并没有受到袁绍的欢迎。袁绍看到他那硕大无比的脑袋，心中便像被什么堵着一样难受，又见他狂妄无比，心中更不高兴。没办法，祢衡只好快快离开了河北，祢衡想，待我灭了曹操，再来灭你袁绍。

祢衡信心百倍地来到他的第三个驿站——荆州。尽管荆州主刘表对他比前两位霸主都客气，但他攻打许昌进军河北的建议却得不到支持。刘表想，荆州地肥水美，百姓安居乐业，我何必放着好日子不过，卷入无谓的战争呢？祢衡摇了摇头，他把目光从刘表身上收回来，又从另一个人脸上掠过，最后他把希望放在江东孙权的身上。

一个秋天的早晨，长江边上的天气阴雨绵绵。打算去江东的祢衡正好碰到在江边练兵的江夏太守黄祖，他的大脑袋里突然有灵感闪现。他对黄祖说，刘荆州如守户之犬，难成大业，将军何不相机去荆州杀刘表，然后以荆州为基地，北伐曹操，匡扶汉室，再灭袁绍，平江东，将军大业就矣。头脑简单的黄祖被说得晕晕乎乎，找不着北。他手下的人却很清醒。手下人对黄祖说，祢衡非为助将军，实为害将军也，祢衡算什么东西，不过是一条野狗，四处认主，却得不到主人的宠爱，如今又教唆您去打他以前的主人罢了。将军应除掉此人，免得他又去别处搬弄是非。黄祖乃耳软心活之人，遂斩祢衡于江边。

黄祖将祢衡的大脑袋放在盒子里，送给刘表。刘表想了想，命人送往河北袁绍，袁绍又命人送到许都曹操那里。

正如祢衡当初离开许都时所言，他转悠了一圈，真的又回来了。

曹操看着祢衡的大脑袋，不由得叹了一口气，唉，可惜呀，可惜他一脑袋学问。

曹操对他手下的文武说，一个人若有十分的才能，却不能发挥出一分来，倒不如一个有一分才能的人倾其一分才能，有益于社会和国家。像祢衡这样的人，脑袋再聪明，学问再大，也不过是个废物而已。大家说是不是啊！

众人齐声说，是，是。

（载《微型小说选刊》2001 年第 8 期）

先　生

魏永贵

去校长家的时候校长正在喝酒，一个酒盅、一盘花生米、一瓶苞谷烧酒。

他说，校长……校长眨了一下眼睛说，不用说了我知道你是来交辞职书的，我知道你早晚要来的但比我估计得晚了些。他又说，校长你看……校长说，不用说了我知道庙小装不下大和尚，再说每个月几百块钱养活不了老婆孩子，还经常拖欠，还老是捐款什么的。他低着头说，校长那我……校长说，不用说了你把辞职书放在桌上你就可以走了。校长说，走一个老师走两个老师都一样，再说剩的学生也不多了。校长就挥挥手说，走吧走吧我要喝酒。

他把辞职书轻轻放在桌上。

他看见校长沾着粉笔灰的手在抖，筷子也老夹不住花生米。

他走出山里就坐上了咯吱咯吱响的三轮车，坐进了哐当哐当的火车，一直向南。他敲开了大大小小的门。

先生您对电脑平面设计是否精通？

先生您对现代舞美形态有何独到见解？

先生您对推销高科技产品可有过人的绝招？

先生您的英语水平达到几级，是否可以和外商谈判？

先生先生先生。

他对自己失望了，他把自己灌了个大醉摇摇晃晃找不到住处。

他就撞进了一家四面全是玻璃，里面全是美女的屋子。

女老板说，先生您想舒服吗？看您喝了那么多酒。女老板就喊了一声，阿香！他就被一个叫阿香的女人扶进了里面只有一张床的密不透风的小房间。阿香说，先生我给您泡了一杯茶解解酒。他说，我不要茶我只要那个。阿香悄悄说，先生不是本地人吧？先生来这里干什么？他说，你问这个干什么？我是山里人，你以为我不给钱是不是？我来这里想找一口饭吃。阿香说，先生这里的饭不好吃，这里憋得人透不过气，哪赶得上山里的空气？他就说，空气再好也不能当饭吃，钱才是最重要，不为钱你会干这个吗？你到底做不做？阿香轻声说，先生我今天身子不舒服，先生对不起我给你揉揉腰捶捶背。他就任这个女人小巧的手捶着揉着，其实他喝多了酒什么也做不了，他很快就睡着了。

先生先生先生。

阿香后来摇醒了他。他说，多少钱？阿香说，先生您得给老板娘一百块。阿香就把他扶到了外边。老板娘接了钱说，先生以后再来啊。他就被阿香送到门外，就听见阿香柔柔地说，先生走好哇。

走在外面，红的灯绿的灯紫的灯打在他的脸上。他稍稍醒了酒，这才记起最后一百块钱花掉了。他不知道该到哪里去，他就漫无目的地在夜里的街上走了许久，后来他困了就去兜里摸烟却摸到一个纸包。他有些奇怪，打开纸包，里面却是六百块钱，他吓出了一身冷汗，左右看了一眼悄悄把钱塞回了兜里。他准备扔那包钱的纸的时候突然发现纸上有用铅笔写的歪歪扭扭的字：先生您怎么来了这里？您怎么变成了这样？我是您从前在五十里岗的学生曾叶香，您肯定不记得了，因为我初中才念了半年就辍学了，再说我现在的样子也变了。您回家去吧，那里有您的学生，还做您原来的老师吧。

这钱是我挣的，它不干净，老师不要嫌弃，老师用它回家吧。

他浑身打摆子一样，握纸的手上上下下地抖。

阿香阿香阿香。

他寻遍了四壁有玻璃的房子，找一个从山里来的叫阿香的姑娘，他要带她回山里去。他找到了几十个涂着红嘴唇的阿香，可就是没有他要找的阿香。

阿香阿香阿香阿香。

去校长家的时候校长还在灯下喝酒，一个酒盅、一盘花生米、一瓶苞谷烧酒。

他说，校长……校长抬头看了他一眼说，不用说了我知道你早晚会回来的，比我估计得晚回了几天。他说，校长你看我……校长说，别说了先坐下来陪我喝一杯。校长就取了一双筷子一只酒盅，斟了满满一杯酒推到他的面前。他说，校长我这一趟出去……校长就说，不用说了我知道你出去遭了不少罪，看你眼睛都肿了，不说了，先喝这杯酒解解乏。校长就和他喝了一杯又一杯，直喝到鸡笼上的鸡跑上窗台，扯长脖子咯咯咯地叫。

喝完最后一杯酒的时候他说，校长我那……校长说，不用说了我知道你是来要辞职书的，你以为我交到上面去了办了你的手续？其实你交辞职书刚出门的时候我就用它擦了桌子。校长说，我知道你早晚要回来的，我跟老师学生们说派你出去学习考察了。他说，校长啊……校长说，不用说了学生们等着呢。校长说，我还是那句话：先生先生，先苦后生，苦了自己才能出息了学生。

校长说，我知道你这一辈子别的不行，但能当个不差的教书先生。他趔趔趄趄地出了校长的门。他看见有背着书包的孩子跳跃着出现在对面的山脊，他听见早晨的空气里传来孩子脆生生的歌声：

小呀么小儿郎啊，背着那书包上学堂，不怕太阳晒，不怕那风雨狂，只怕那先生骂我懒啊没有学问我无颜见爹娘。嘟里个嘟里个嘟里个嘟……

那一刻他的鼻子一酸眼泪就流了下来，他一时不知道为什么，他就干脆让它流了个痛痛快快。

（载《微型小说选刊》2001年第8期）

青青的果子

徐慧芬

　　14 岁的青青，去年夏天参加了一次夏令营，去了那座有海的城市，回来后，心就常常像海边的风，一阵阵地不平静。学校传达室门口那块报信的小黑板，开始让青青流连忘返，而上课时，她的心也像一只放飞的鸽子，常常飞向那个城市了。

　　这天第二节课后，她从传达室回来，她把信紧紧地捧在怀里，然后直奔校园小树林僻静处，展开信，紧张地看起来。

　　直到中午吃饭时，她才发现兜里的信遗失了！她失魂落魄地在校园里绕了一圈，哪里有信的影子呢？她是羞怯而内向的，心中的秘密不想让任何人知道，包括要好的女伴。她忐忑不安地走进了教室，一进门，教室里几乎所有同学的目光都朝向了她，有人还嘻嘻哈哈地朝她笑着……

　　一个女生在她耳边轻轻地告诉了她：她的一封信被班上最调皮的一个男生捡到后，那个男生还在班上当着大家的面朗读了一遍，现在这封信已被人交到了班主任手里……

　　仿佛一声炸雷，青青的脸一下子煞白！

　　上课铃响，班主任进了教室。这是节德育课，上了大半节课，讲了些什么，青青一句都没有记住。

　　可是，现在，老师好像在念什么。几句话终于钻进了青青的耳朵。

"自从分别后，我常常想念你，也常常盼望你的来信，有时身在教室，心却在你那儿，上星期老师让我回答问题，我答非所问，还被同学笑了好一会儿……"

青青终于明白了，脑子"轰"地一下子炸了，她努力使自己镇定，继续听下去。

老师继续讲下去。

"这是多年前一个16岁的初三男生写给一个15岁的初二女生的信。男生和女生是两个学校的学生，因为参加了校外活动，他们认识了，互相有了好感。这之后，男生就常常给女生写信，女生也常常想念这个男孩。他们的早恋影响了学习。有一天这封启开过的信，落到女孩班主任的手里。放学后，那位女班主任把女孩叫到了自己的宿舍里。女孩是个班干部，见老师拿出信，吓得脸都变色了。而老师却没事似的把信还给了她，和蔼地让她坐下，然后把桌上一只熟透了的桃子，削掉皮后递给女孩请她吃。吃完桃子，老师随手在纸上画了一棵桃树，桃树上结满了大大小小的果实，老师又很仔细地涂上了颜色。老师指着画上几只青色的小毛桃说，这些青青的小毛桃虽然可爱，但是没有熟，没有熟的果实就不会是甜的，而早恋呢，就像这些毛桃……"

班上鸦雀无声，老师的故事还在继续。

"后来那个女生在老师的启发下，醒悟过来，主动与那个男生终止了早恋关系，把精力都放在了学习上。后来女孩渐渐长大，读了高中，又考上了大学，再以后她有了情投意合的恋人并成了家，做了母亲，当她女儿十四五岁时，她把自己的故事告诉了女儿。现在这个早已做了母亲的人，就站在你们面前……"

几十双眼睛一下睁大！不约而同地发出了欢叫："老师！"

"对，正是我，你们看，老师也是这么过来的。人的成长，如同种子发芽、开花、结果，青春期的情感萌发，也是人成长的一种过程。所以我还要说，爱与被爱，是人的一种权利，我们没有理由嘲笑青春时最纯真的感情，但是我们要懂得，青涩的果子是不可以随随便便采摘的，而待到成熟时品尝，它的甜美，往往可以滋养人的一生。"

声音停止了。蓦然，掌声响彻教室。

（载《微型小说选刊》2001 年第 9 期）

成名时代

程宪涛

M 晚报老总一改往日的含蓄婉约，泼妇一样捶胸顿足暴跳如雷，饭桶笨蛋窝囊废等谩骂倾泻而出。

老总训斥何许人也，M 晚报社会纵横版的年轻记者阿 B。美其名曰，无冕之王，狗屁！是老总说炒就炒，想辞就辞的打工仔。

老总扇着一份和 M 报争饭碗的 N 报纸，就像巫师扇动符上咒语的蝙蝠，不住地在阿 B 面前晃动和飞舞。老总指着阿 B 的鼻子质问：为何你总是反应迟钝，采写的新闻比人家慢半拍；为何总是重复陈词滥调，写不出新鲜刺激的稿子；为何总是小家子气，兜售小玩意儿搞不出大部头的东西？再看 N 报赢得读者的内容，独家专访名人的情妇，独家报道某腐败工程的内幕，连续追踪重大毒品走私案！五彩缤纷美不胜收。老总把报纸摔到阿 B 的脸上，发出最后通牒，给你一周的期限！如果版面没有突破和起色，读者减少、发行量继续下降，你就立刻卷铺盖走人！老总把阿 B 像一块破布一样丢在那里，怒气冲冲地扬长而去。

阿 B 就像失去水分的秧苗无精打采。上司的冷酷无情，同事的得意和窃笑，女友的冷漠和轻视，阿 B 恨不能有一条地缝钻进去。这就是红尘滚滚、纷繁复杂的社会。适者生存、弱肉强食，成者为王、败者为寇。

在老总规定期限的最后一日，阿 B 果然抓住了一条重大新闻，那是被称为世纪性的一场大火，消防部门动用了全市三分之二的消防车辆和消防人员，但是一座新建的大厦转瞬灰飞烟灭，造成的经济损失创本市火灾历史的最高纪录，直接责任人被逮捕起诉，某些高层领导集体引咎辞职。M报记者阿B准确及时的第一手资料让同行望尘莫及。各地报刊纷纷购买M报报道的版权，转载阿B的新闻，M报名声大振，发行量飙升。

几天后，M报的另一条独家新闻让同事对阿B再次刮目相看，一白手起家的富商遭遇绑架，匪徒疯狂地向富商家属勒索一笔天文数字的赎金。案件刚刚风吹草动，M报有关富商的详细资料先声夺人地陆续刊出。关于事件的过程，M报分析得详细透彻，推理入木三分。整个事件闹得满城风雨街谈巷议，M报洛阳纸贵不断加印，转载盗印无数，阿B随之声名鹊起，M报获得巨额广告收入。

M报老总不仅给阿B包红包，还允诺年终将阿B晋升为主任记者。在相继的几次重大新闻事件后，开始有报刊允诺重金邀请阿B，重要独家新闻专门请阿B采写编发。阿B成为大红大紫的知名记者。阿B的去留关系着M报的兴衰。阿B拥有了M报百分之十的股份。

在阿B春风得意的时候，某日，阿B正在接受各种媒体采访，介绍自己的成功经验，慷慨陈词侃侃而谈。两名全副武装的警察走进来，向阿B出示拘捕证。警察威严地宣布，阿B涉嫌策划连日发生的纵火、绑票等案件，要他到公安局接受调查。锃亮的手铐戴在阿B手腕上，阿B就像煮熟的面条一样瘫软了下去，阿B几乎被拖着押上警车。

整个采访现场死一般宁静，记者摄影师们忽然缓过神来，各种话筒伸向阿B，闪光灯不住地闪烁，预定的采访主题改变了内容，请阿 B 解释目前发生的情况。

　　M 报老总大骂惊魂未定的部下：一群笨蛋，没有一点儿新闻意识和职业观念，肥水不流外人田，这样的独家新闻事件怎么能让其他媒体抢走呢！老总立刻派得意的下属购买独家访问阿 B 的权利，追踪报道事件全过程。

（载《微型小说选刊》2001 年第 14 期）

南方人与北方人

顾文显

太突然，他们那次相遇。

一个在长白山下，东北；另一个在黄山附近，安徽。相距五千里，一个偶然的机会，可就遇到一块了。

都穷困潦倒，也都仇视那个穷困潦倒。他们不得不外出谋生，一个向南，另一个向北，就在山海关的一辆车上等着发车，两人唠得很投机。

都是穷困，都不想让对方知道自己穷。穷是被瞧不起的。于是一个对另一个说："我们长白山，富裕得很哪，别说关东三宝，就是细辛、五味子之类的药材，漫山遍野都是，足够养活那一方黎民百姓。"

另一个也不甘受贬："我们黄山——五岳归来不看山，黄山归来不看岳——别说风景了，单是灵芝、黄山茶，只要盯上了，吃穿不尽。"

说者都无心，听者都有意。

北方人乘车去了南方。果然，黄山好。在长白山钻老林子，可受够那苦了。这儿不冷不热，风景宜人。再一看，果然有灵芝，有茶，心里一热：此时不捞钱，穷死没人怜！

南方人乘车去了北方。嗬，长白山名不虚传。单那细辛，在南方上哪找去！南方有甚好的！光秃秃的石碴子，崩星几株病松树。

赚钱，得去当挑夫，步步上坎，压死了晒死了！看人家，这儿凉丝丝的多带劲儿！细辛这玩意儿抠着栽怎么样？抠！

一个在黄山种灵芝，效果十分好，真见了回头钱。又贩茶，更有赚头，贱价收下，偷偷运到北方，加上灵芝收入，几年间腰缠万贯。

另一个在长白山突发奇想，竟将细辛栽培成功了。大面积发展，大面积成功，不久便成为细辛栽培大户，一跺脚，方圆几十里颤颤巍巍，看神气的！

南方人与北方人又遇见了，谁也绝口不谈自己现在在哪儿或干什么，让对方知道了简直得报答人家再生之恩！

客套寒暄，酒楼、舞厅，大把大把地甩钱，真潇洒真有男子汉的风度。

一个想：名不虚传，果真是黄山富庶，幸亏他透露给我信息。那一次见面，千金难买。

另一个想：眼见为实，到底不愧是长白山宝地，若不是他告诉我实情，我不得在南方穷死？那一次见面，千载难逢。

两个人都恨相见太晚。所以家搬得不及时，终比不上对方富……

（载《微型小说选刊》2001 年第 16 期）

杀 羊

于心亮

端坐门诊。来了一病人，诉说鼻塞、流涕，稍有头痛、咳嗽，可能是感冒了。

我问姓名、年龄、职业。病人稍稍一迟疑，说：我是杀羊的。

我说：杀羊？那钱不少挣吧？

病人说：还行，基本上杀一只能赚一只。

我说：那钱确实不少挣。

我说：杀羊也有诀窍吧？

病人说：那当然，给羊放血就有门道呢！放了血，分量就轻了；不放血，把血憋进肉里，分量就轻不了。

我说：噢。心想：可怜的羊们哪！

忽然想起一个问题，问：听说杀羊，有的羊会哭？

病人说：是呀，有的确实会哭，还下跪呢！病人的表情显得兴奋，那是一只母羊，很肥，我缩着绳扣靠近它时，它就朝我流泪了。我挺惊疑，但还是把绳扣套上它脖子，这个时候它跪下了。我心一软，放了它。然后我到饭店去催账，钱没到手，反而挨了一顿揍，我那个气呀！回来就把母羊给杀了，一剖开它肚子，俺的娘呀，它肚子里有 3 只小羊！我那个后悔呀……

我说：是呀，太可怜了，可怜天下父母心。

病人说：是呀，我当时恨自己呀，干吗非杀母羊呢？等它生下

3只小羊，我又能另外赚不少钱呀！

我口上说：噢。心里却想：狠心的你真是钻进钱眼里了。

我给病人把脉，观舌苔，量体温，测血压，慢慢地我的脸就变得很凝重，我说：先查个血，然后拍几张片吧。

病人遵从我的医嘱查了血，验了尿，拍了 X 线，做了心电图，还有 B 超和 CT，然后捧着一摞单子又坐到我面前。我一一查看，眉头一会儿紧，一会儿松。病人的脸皮也跟着一会儿紧，一会儿松。然后我就开始摇头，把病人的脸色摇得青一块紫一块的，缓和着口吻说：慢慢调养吧，先给你开点药。

病人战战兢兢地捧着一沓处方去划价，交款，取药。我想他回去后可以开药铺了。我洗了手，慢慢坐回椅中长长地吁气：这个月的任务又超了，等着发奖金吧！

下班时，有同事来问：杀了几只羊？

我说：就杀了一只，羊毛却不少挣。

同事说：那人是大款吗？

我说：不，那人是杀羊的。

同事又问：啥病？

我说：感冒。

（载《微型小说选刊》2001 年第 17 期）

枯萎在花店里的玫瑰

高海涛

有人悲秋，我却喜欢深秋的落叶与暮雨。我最伤感的却是春节前的那几天，人们各顾各地忙忙碌碌，好像到了世界末日。我的实习期就要到了，过了春节就不来这家医院了，但工作没有一点儿着落。

这天，老师在门外接待了一个拿着玫瑰的女孩，女孩化了很漂亮的浓妆，从她的气质看，卸了妆更能显露出清纯气质。我是一个高傲的女孩，还从没有见过能让我夸上两句的女孩呢。女孩不知与老师说了几句什么，就在她要走还没走的关口，回过头来给了我一个微笑。

次日上午，老师送给了我一枝玫瑰，她还没把话说完就被一个电话叫走了。看着玫瑰，我才知道今天是 2 月 14 日，情人节。

玫瑰在远处稀稀拉拉的鞭炮声中渐渐枯萎了。

第三天，老师才来上班，她的眼睛哭得肿肿的。

老师告诉我，那个女孩死了，用一条白纱巾吊死的，就死在她24 岁本命年那个情人节的上午，她的身体里还有一个未满三个月的孩子。我的那枝玫瑰就是那女孩给的。我望着桌上那枝枯萎的玫瑰，玫瑰好像又恢复了往日的鲜艳，现出了那个微笑，只是一现，就从这个世界上永远地消失了。

老师与那个女孩并不认识，女孩临死前，只在遗言上留了老师的名字和电话以及给我的一封信：花是他送给我的，他离不了婚。只是我无法向医生讲清我要说的话，才想到了用送花来隐藏我的失态，对不起！我本来是想把孩子打掉重新生活的，可看见你那青春活泼的微笑，我就不想活下去了。因为我的一生再没有鲜花了。三毛死时用的是丝袜，我就用丝巾吧！

老师说，那天，她一出门就有一个女孩走到她面前，吞吞吐吐地不知要说什么，看来女孩在门口待了好长时间了。可是一会儿，她说她与你是同学，为了给你一个惊喜，让我第二天转交给你这枝玫瑰。没想到我的一个微笑竟让一个美丽的姑娘永远地离开了这个世界。

过了年，我就永远地离开了实习的那家医院，受聘成为一家都市热线的主持人，学了4年的医却没有了用武之地。但是，时间一长，我渐渐发现，人们心灵的疾病比身体的病更需要治疗。

2月14日，又是一个情人节。街上又泛滥起了玫瑰花，可我想的却是在鞭炮声音中枯萎的那枝玫瑰。

电话响了一下又没了声息。根据一年来的经验，我猜想，这准是一个需要求助的女孩。再响，我要快速拿起电话。

又是怯怯地一响，我飞快地抓起电话。那边没有声音，只有粗粗的喘息声。

你好，说话。传来的却是挂断电话的声音。我又想起了那个女孩，是不是她在天国给我打来的电话。我想，一会儿电话再打来我就直接给她讲那个故事。

果然，电话又响了。

拿起电话，我又听到了喘息声，是刚才那个人。我认真地说：你别挂电话，听我给你讲一个故事好吗？

于是我就给她讲了那个微笑的故事。故事的讲述中，对方虽没有一点儿声息，但我似乎看到了她眼中的泪水。

故事讲完后，对方只说了几个字：太沉重了，我知道该怎么做了。

过了一个多月，电话又响了。我拿起电话，对面说：我是听你讲故事的女孩，我给你买了一枝玫瑰，你到相思花店去取吧，不取就让它枯萎在花店里。

下班后，我来到那家花店取花，老板从一堆枯萎的玫瑰中，拿起了一枝娇艳的玫瑰。玫瑰上夹有一张字条：一颗24岁女孩的心。

老板一指那一堆枯萎的玫瑰说：这是一个男人想送给这个女孩的，一直送了24天，女孩没有取，以前她是取的，这一段时间不知为什么不取了。

我走时，老板很感谢我，说：你取走这枝玫瑰后，那24枝枯萎的玫瑰就可以被清理出花店了。

（载《微型小说选刊》2001年第18期）